KB060217

청소년 삼국지 5
별들은 스러지고

청소년 삼국지

5

별들은 스러지고

나관중 지음
권정현 엮음

자음과모음

공명의 군대

사마의의 군대

오장원

장안

한중

오장원 혈투(서기 234년)
공명과 사마의의 대결로도 유명하다. 공명은 호로곡이라는 바가지 모양의 큰 계곡에서 사마의를 궁지에 빠뜨린다. 하지만 병마를 이기지 못한 공명은 오장원에서 생을 마감한다.

청소년 삼국지를 펴내며

삼국지의 배경은 지금으로부터 약 1800년 전인 중국 한나라 말기다. 당시는 정치적으로 매우 어지러운 시기였다. 황제인 영제는 충신들을 멀리하고 내시들을 가까이 두었다. 그로 인해 나라는 급속히 혼란에 빠졌다. 황궁이 있는 낙양은 물론이고 시골에 이르기까지 백성들의 원성이 하늘을 찔렀다.

나라가 살기 어려워지자 곳곳에 도적이 창궐했다. 관리는 세금으로 백성들의 물건을 빼앗았고 도적은 강제로 백성들의 물건을 빼앗았다. 도적은 백성을 습격하고 집을 잃은 백성은 다시 도적이 되는 악순환이 계속되었다. 도적들이 늘면서 제법 큰 규모를 갖춘 무리가 하나 둘씩 생겨났다. 그중에서 장각의 무리가 가장 강했다. 장각은 부하들에게 누런 두건을 쓰게 하고 약탈을 일삼았다. 삼국시대의 첫 장을 여는 '황건적의 난'은 이렇게 탄생하였다.

　여기서 우리가 눈여겨볼 점은 황건적을 토벌하기 위해 전국 각지에서 일어선 제후들이다. 그들은 군사를 일으켜 황건적을 토벌했지만 그 뒤, 서로가 서로를 죽이는 처절한 전쟁을 벌이게 된다. 권력을 잡기 위해 발버둥치는 인간 군상들의 모습은 오늘날 현대를 살아가는 우리들에게도 좋은 본보기가 되고 있다.

　삼국지는 등장인물이 수백 명에 이르는 대하소설이다. 인물들이 맡고 있는 역할도 매우 흥미롭다. 관우와 장비처럼 뛰어난 무예로 적을 제압하는 장수가 있는가 하면 공명이나 순욱처럼 지략으로 전장에서 적을 압도하는 참모들도 있다. 죽음으로써 의리를 지키는 충신이 있고 비겁하게 목숨을 구걸하는 장수도 있다. 자신의 이익을 챙기는 대신이 있고 백성을 먼저 생각하는 의로운 관리들도 있다. 삼국지는 바로 우리 인생의 축소판, 그 자체인 것이다.

　삼국지가 오래도록 많은 사랑을 받아왔지만 상대적으로 청소년들이 읽을 수 있는 삼국지를 고르기란 쉽지 않은 일이었다. 삼국지는 그 양이 엄청나게 방대할 뿐만 아니라, 청소년들이 이해할 수 없는 표현이나 부적절한 상황 묘사도 많다. 따라서 이번에 새롭게 펴내게 된 《청소년 삼국지》는 청소년들의 눈높이에 맞춰 쓴 가장 이상적인 삼국지라고 할 수 있겠다.

《청소년 삼국지》의 가장 큰 특징은 교육적인 측면을 잘 활용한 점이다. 중요한 사건이나 전투, 고사성어가 등장하는 장면을 부록으로 엮어 본문의 해당 장을 명기하고 유기적으로 읽을 수 있도록 하였다. 따라서 일상생활에서 익숙하게 들었던 고사성어의 현장을 직접 눈으로 확인하며 소설을 읽는 재미가 쏠쏠하다.

《청소년 삼국지》의 두 번째 특징은 전체 단락을 크게 100개로 세분화하여 청소년들이 쉽게 접근할 수 있도록 구성을 안배한 점이다. 기존의 삼국지는 때에 따라 줄거리가 산만하게 펼쳐지고 등장인물과 사건이 복잡하게 얽혀 내용이 머리에 쉽게 들어오지 않는 단점이 있었다. 《청소년 삼국지》는 역사적 사실을 중심으로 객관적인 시각에서 삼국지 전체를 일목요연하게 조망할 수 있도록 하였다.

세 번째 특징은 남녀 누구나 재미있게 읽을 수 있다는 점이다. 삼국지는 그 동안 남자들의 전유물로만 인식되어 온 게 사실이다. 그러나 삼국지 속에는 여러 여성들이 등장하고 그들의 활약이 전체적인 흐름을 바꾸어 놓을 때도 있다. 《청소년 삼국지》는 남성 등장인물들의 굳고 강인한 이미지와 여성 등장인물의 섬세함이 한데 어우러져 전체 이야기를 구성한다. 또한 교훈적이고 주입적인 메시지에서 탈피하여 인물의 인간적인 면을 강조하였다.

예부터 '삼국지를 읽지 않은 사람과는 삶을 논하지 말라'는 말이 있다. 삼국지는 평생에 걸쳐 읽어야 하는 우리 모두의 필독서다. 삼국지를 읽은 사람과 읽지 않은 사람 사이에는 큰 차이가 난다. 삼국지를 읽고 나면 우선 자신도 모르게 세계관이 넓어져 있음을 알 수 있다. 꿈을 갖지 못했던 사람은 왜 꿈을 가져야 하는지 알게 되고 우정의 소중함도 알 수 있게 된다. 또한 매사에 지혜롭게 대처할 수 있게 된다. 어떤 행동이 자신에게 현명함을 가져다 줄 것인지, 어떻게 하는 일이 많은 사람을 이롭게 하는 일인지 먼저 생각하고 행동하게 된다. 타인에 대하여 너그러움을 갖게 되기도 하고 현재의 삶에 감사하는 마음을 품게 된다. 삼국지에는 부모와 자식, 형제들과의 관계, 나라를 사랑하는 마음, 친구와의 우정 등 우리가 일상에서 겪을 수 있는 대부분의 사건이 등장한다. 뿐만 아니라 우리에게 어려움이 닥쳤을 때 그것을 극복할 수 있는 지혜를 선사한다.

　이제, 가만히 귀를 기울이고 역사 저편에서 들려오는 힘찬 말발굽 소리를 들어보자. 청소년 여러분이 일찍이 경험하지 못한 세계 속으로 안내할 것이다.

5권 주요 등장인물

강유

자는 백약이며 기현 출신이다. 원래 강유는 위나라 장수로 천수태수 마준의 부장이었다. 공명이 1차 북벌을 단행했을 때 강유는 공명의 계략을 간파하고 성을 지켰다. 강유의 지략에 반한 공명은 계략을 써서 그를 사로잡는다. 촉나라가 멸망한 이후 강유는 촉나라 부흥 운동을 이끌다가 59세의 나이로 전사한다.

위연

원래는 유표의 부하였다. 유비가 남부 4군을 공략할 때 황충과 함께 유비에게 항복하였다. 성격이 급했지만 용맹이 뛰어나 여러 전투에서 눈부신 공을 세웠다. 공명은 위연의 거친 성격을 마음에 들어 하지 않았다. 공명과 사사건건 부딪치다가 공명이 죽은 후 모반을 일으켰다는 오해를 사 죽고 말았다.

사마의

사마의는 하남성 출신으로 자는 중달이다. 처음 그는 위나라 조조의 부하였다. 지혜가 총명하여 조조는 일찍부터 그를 가까이 두었다. 조조가 한중을 차지했을 때는 촉을 공격하자고 주장했다.

육손

오균 오현 태생으로 자는 백언. 나이는 어렸지만 지략이 뛰어났다. 관우의 복수를 하기 위해 유비가 오나라를 침략했을 때 대장에 임명되어 이릉 전투를 승리로 이끌었다. 유비를 추격하다 어북포에 이르렀을 때 공명의 계략에 걸려 죽음의 위기를 맞게 되지만 노인의 도움으로 간신히 목숨을 건졌다.

조인

패국 초현 출신으로 조조의 사촌동생이다. 조조가 연합군을 결성했을 때 군사를 몰고 달려와 가담했다. 후일 여러 전투에서 조조를 도와 맹활약했다. 관우가 번성을 공격했을 때 화살에 독을 묻혀 관우를 공격한다. 나중에 대사마로 승진했으나 223년에 사망했다.

여몽

여몽이 아니었다면 관우의 허망한 죽음도 없었을 것이다. 노숙이 죽자 그 뒤를 이은 여몽은 형주 탈환을 최우선 과제로 삼는다. 관우가 군사를 내어 위나라 번성을 공격하자 그 틈에 여몽은 군사를 내어 재빨리 형주를 공격한다. 싸움에 이긴 뒤 성대한 잔치를 베풀지만 원인을 알 수 없는 병에 걸려 피를 토하고 죽었다.

차례

81. 관우의 의로운 죽음

　한편 조조의 명령을 받은 서황은 빠르게 번성으로 나아갔다. 상처가 아직 아물지 않은 관우는 요화와 관평을 보내 서황을 막게 했다.

　"조조군은 먼 길을 왔으니 지쳐 있을 걸세. 밤이 되기를 기다려 우리가 먼저 기습하면 능히 적을 물리칠 수 있을 것이네."

　요화의 계책에 관평도 찬성했다. 두 장수는 밤이 되기를 기다려 일제히 조조군을 기습했다. 그러나 서황은 이런 사실을 미리 예측하고 있었다. 막사를 텅 비워 놓고 계곡 주변에 군사들을 매복시켰다.

"와! 형주군을 무찔러라!"

그들이 조조군 막사를 들이쳤을 때였다. 사방에서 조조군이 물밀 듯이 밀려 나왔다. 적에게 포위된 관평과 요화는 필사적으로 길을 뚫었다. 도망치는 형주군을 향해 위군이 큰 소리로 비웃었다.

"형주는 이미 손권이 차지했다. 어디로 도망가느냐?"

"위왕께서 대군을 이끌고 내려오신다!"

그 소리를 듣자 군사들은 큰 혼란에 빠졌다. 요화와 관평은 군사를 태반이나 잃고 관우가 있는 곳으로 도망쳤다.

관평이 위군에게 전해 들은 소식을 관우에게 설명했다.

"조조가 대군을 이끌고 서창을 출발했답니다. 또한 우리의 근거지인 형주를 오군 장수 여몽이 차지했답니다."

그러자 관우는 화를 버럭 냈다.

"그게 무슨 헛소리냐? 적이 우리를 혼란시키려고 퍼뜨린 말이다. 어찌 그따위 수작에 놀아난단 말이냐?"

관우는 형주가 손권에게 넘어간 줄은 꿈에도 모르고 있었다. 그때 군사 하나가 뛰어 들어와 보고했다.

"서황이 싸움을 걸어 오고 있습니다."

관우는 청룡도를 움켜쥐고 밖으로 뛰어갔다. 조조군이 창검을 휘날리며 밀려들고 있었다. 서황이 말 위에 높이 올라 달려 나왔다.

"관운장은 어디 있는가? 속히 나와 내 도끼 맛을 보아라!"

"네 이놈!"

화가 치민 관우가 적토마에 뛰어올랐다. 그때 관평이 달려와 급히 말고삐를 잡아챘다.

"아버님, 화타의 말을 잊으셨습니까? 상처가 아물지 않았으니 화를 참으시지요."

그러나 관우는 막무가내였다.

"내가 서황 따위를 피하면 천하의 웃음거리가 될 것이다."

관우는 그대로 서황을 향해 달려갔다. 서황도 도끼춤을 추며 관우를 맞이했다. 서황은 원래 관우의 상대가 되지 못하는 장수였다. 그러나 관우는 한쪽 팔을 쓰지 못하는 상태였다. 두 장수는 80합이나 싸웠지만 승부를 내지 못했다.

그때 반대편에서 함성 소리가 일며 한 떼의 군사가 나타났다. 번성에 갇혔던 조인의 군대였다. 관우가 서황과 싸우는 사이 조인군은 그대로 형주군을 덮쳤다. 관평과 요화가 힘을 다해 막았지만 역부족이었다. 관우는 할 수 없이 남은 군사를 수습하여 맥성이라는 작은 성으로 후퇴했다. 맥성은 관우의 부장 주창과 왕보가 겨우 수백 명을 거느리고 지키고 있었다.

그때 형주성에서 군사 하나가 허겁지겁 달려와 보고했다.

"큰일 났습니다. 오군이 형주성으로 밀려들어 성을 빼앗았습니다. 양양을 비롯한 다른 성들도 모두 오군이 점령했습니다."

관우는 크게 놀랐다.

"그게 사실이냐? 다른 장수들은 어찌 되었느냐?"

"미방과 부사인을 비롯한 대부분의 장수들이 오군에 항복했습니다."

"음, 다른 사람은 몰라도 미방이 어찌 나를 배신할 수 있단 말이냐?"

관우는 팔을 만지며 그 자리에 쓰러졌다. 독화살에 맞았던 상처가 터졌던 것이다. 관우는 눈물을 흘리며 탄식했다.

"형주를 빼앗겼으니 이제 내 무슨 얼굴로 형님을 뵐 수 있단 말인가?"

옆에 있던 부장 조루가 관우에게 권했다.

"다행히도 여기서 멀지 않은 상용 땅에 유봉과 맹달이 머물고 있습니다. 그들에게 급히 전령을 보내 군사를 움직이게 하십시오."

상용 땅에 작은 반란이 일어나 유봉과 맹달이 진압한 일이 있었다. 그날 이후 두 장수는 그곳에 머물며 성을 지키고 있었다.

"누가 그곳으로 가겠는가?"

"제가 가겠습니다."

그는 다름 아닌 요화였다. 때마침 조조군이 몰려와 맥성을 겹겹이 포위했다. 요화는 포위망을 뚫고 상용으로 말을 달렸다. 한편 상용에 있던 유봉과 맹달도 형주를 빼앗겼다는 소식을 듣고 있었다. 그들은 근심 어린 얼굴로 요화를 맞이했다.

"큰일 났습니다. 관운장께선 독화살에 맞아 거동이 불편한 상탭니다. 적이 겹겹이 성을 에워싸고 있으니 속히 구원병을 보내 주십시오. 조금이라도 늦는 날엔 관운장의 목숨이 위험합니다."

"큰일 났군. 이를 어찌하면 좋겠소?"

유봉이 맹달에게 물었다. 그러나 맹달은 고개를 흔들었다.

"우리 군사는 채 만 명도 되지 않습니다. 무슨 수로 조조의 대군을 무찌른단 말입니까? 더구나 앞에는 오군이 있습니다. 가망 없는 싸움이니 이곳이나 굳게 지키시지요."

듣고 있던 요화는 기가 막혔다.

"아니, 그게 무슨 말씀이오? 관운장의 목숨이 위험하다 하지 않았소? 지금 맥성에 남아 있는 형주군은 천여 명도 되지 않소."

맹달이 대답했다.

"물 한 사발로 어찌 벌판에 붙은 불을 끌 수 있겠소? 돌아가 성을 굳게 지키며 촉에서 구원병이 오기를 기다리시오."

맹달이 그렇게 나오자 유봉도 어쩌지 못하고 고개를 흔들었다. 요화가 목놓아 울며 애원했지만 소용없는 일이었다. 요화는 할 수 없이 유비가 있는 성도를 향해 미친 듯 말을 몰았다.

한편 맥성에 갇힌 관우는 눈이 빠지게 구원군이 오기만을 기다렸다. 그러나 열흘이 지나도 구원군은 오지 않았다. 조조와 손권은 앞뒤에서 맥성을 포위했다. 식량도 모두 떨어져 더는 성을 지킬 수 없는 상황이었다.

조루가 관우에게 건의했다.

"이렇게 된 이상 맥성을 포기하는 길밖에 없습니다. 포위망을 뚫고 서천으로 가십시오. 일단 몸을 빼낸 후에 뒷날을 생각하는 게 좋을 것 같습니다."

이제 남은 군사는 3백 명도 되지 않았다. 형주군은 밤이 되기를 기다렸다가 북문을 활짝 열고 달려 나갔다. 성을 포위했던 조조군이 개미 떼처럼 관우의 앞을 막아섰다. 관우는 청룡도를 왼쪽 손에 옮겨 쥐고 폭풍처럼 달려 나갔다. 관우가 성을 벗어나 20리쯤 달렸을 때였다.

"관우는 목을 놓고 가라!"

돌연 북이 울리며 한 떼의 군사들이 쏟아져 나왔다. 그들은 오군 장수 반장과 주연이었다. 관우는 청룡도를 휘두르며 두 장수를 상대했다. 불과 수 합 만에 두 장수는 말머리를 돌려 달아났다.

관우는 서천을 향해 미친 듯 말을 달렸다. 화살이 난무하는 가운데 복병이 수없이 나타났다. 뒤를 따르는 군사는 채 10여 명도 되지 않았다.

"너는 뒤에 오는 적을 막아라. 나는 길을 열겠다."

관우가 아들 관평에게 소리쳤다. 길이 험해 앞으로 나가기도 쉽지 않았다. 엎친 데 덮친 격으로 독화살에 맞았던 상처가 쑤시기 시작했다. 상처가 벌어지고 뼈가 드러났다. 흘러내린 피가 적토마를 붉게 물들였다. 시간이 지날수록 관우는 의식이 희미해졌다.

어느덧 새벽이 되었다. 그들이 좁은 산길로 들어섰을 때였다. 갑자기 수백 명의 군사가 창검을 빽빽이 든 채 앞을 가로

막았다. 마충이 이끄는 오군이었다. 그들은 관우를 향해 일제히 갈고리를 던졌다. 적토마가 길게 울부짖으며 앞으로 넘어졌다. 그 통에 관우는 땅으로 나뒹굴었다. 동시에 큰 그물이 날아와 관우를 덮쳤다. 피를 많이 흘린 관우는 그대로 정신을 잃고 말았다.

"아버님……."

관평이 칼을 휘두르며 달려왔다. 수십 명의 적이 관평을 에워쌌다. 관평은 적을 찌르고 베며 마지막까지 저항했다. 그러나 얼마 지나지 않아 사로잡히는 몸이 되고 말았다.

마충, 반장, 주연 등 오군 장수들은 관우를 꽁꽁 묶어 손권에게 데려갔다. 관우를 보자 손권은 혀를 끌끌 찼다.

"천하무적 관운장이 이게 무슨 꼴이오? 그러지 말고 지금이라도 내게 투항하시오. 항복하면 그대의 목숨을 살려 주는 것은 물론, 형주를 맡아 다스리게 하리다."

의식을 잃었던 관우가 눈을 번쩍 떴다.

"쥐새끼 같은 놈아, 그게 무슨 개소리냐? 나는 서촉에 계시는 유황숙 어른과 복숭아꽃 만발한 동산에서 형제의 인연을 맺고, 기울어 가는 한 황실을 일으켜 세우기로 맹세한 몸이다. 어찌 너 따위에게 항복할 수 있단 말이냐?"

관우는 두 눈을 부라리며 손권을 꾸짖었다.

그러나 손권은 관우를 죽이고 싶지 않았다. 손권은 대신들을 돌아보고 의견을 물었다.

"관운장을 어떻게 했으면 좋겠는가?"

대신들이 이구동성으로 대답했다.

"관우는 결코 항복할 위인이 아닙니다. 이 기회에 그를 죽여 후환을 없애도록 하십시오."

"음……."

한동안 생각에 잠겼던 손권이 명령했다.

"관운장 부자를 끌어내 목을 베어라!"

군사들이 관우를 끌고 나갈 때였다. 갑자기 천둥 번개가 치며 비바람이 몰아쳤다. 흙먼지가 일어 군사들은 눈을 뜰 수 없을 지경이었다.

"음, 하늘이 왜 이 모양인가?"

손권은 깜짝 놀라 막사 안으로 들어갔다. 군사들은 관우와 관평을 사형대에 나란히 꿇어앉혔다. 관우와 관평은 유비가 있는 서쪽 하늘을 우러러 몸을 숙이고 떨어지는 칼을 받았다. 때는 건안 24년 10월, 관우의 나이 쉰여덟 살 되던 해의 일이었다.

목이 떨어졌지만 관우의 목에서는 피가 한 방울도 흐르지 않았다. 관우가 죽자 이름을 알 수 없는 새들이 몰려와 구슬피 울었다. 하늘에선 가는 이슬비가 사흘 밤낮을 쉬지 않고 내렸다. 맥성에 남아 끝까지 저항하던 왕보와 주창은 관우가 죽었다는 소식을 듣자 칼로 목을 찔러 자결했다.

싸움에 이긴 손권은 공을 세운 장수들에게 상을 내렸다. 관우가 평생 사용하던 청룡언월도는 반장의 손에 넘어갔다.

"관운장의 청룡도가 내 손에 굴러들다니……."

반장은 벌어진 입을 다물지 못했다.

적토마는 마충의 차지가 되었다.

"오, 천하의 적토마가 내 수중에 들어왔구나……."

마충은 명마를 받고 몹시 기뻐했다. 그러나 기쁨은 오래 가지 않았다. 적토마는 관우가 죽은 날부터 풀을 뜯지 않았다. 아무리 싱싱한 풀을 주어도, 물가에 몰고 나가 물을 주어도 주인을 생각하며 슬피 울 뿐이었다. 보름 뒤 적토마는 관우가 죽은 자리로 달려가 피를 토하며 죽고 말았다.

82. 병에 걸린 조조

관우를 죽였지만 손권은 마음이 편치 않았다. 유비의 복수가 두려웠기 때문이다. 손권은 모사 장소를 불러 의논했다.

"관우는 유비와 함께 살고 함께 죽기로 맹세한 장수요. 유비가 관우의 죽음을 안다면 군사를 일으켜 우리 오국을 침략할 것이오."

장소도 고개를 끄덕였다.

"잘 보셨습니다. 유비를 비롯해 형주의 여러 장수들은 죽

기 살기로 우리와 싸우려 할 것입니다. 빨리 대책을 마련하
십시오."

"어떤 방법이 좋겠소?"

손권의 이마에 주름살이 번졌다.

"조조가 관우를 죽인 것처럼 위장해야 합니다. 우선 관우의
목을 조조에게 보내십시오. 그러면 유비의 분노는 조조에게
향할 것입니다."

"과연 좋은 생각이오."

손권은 관우의 머리를 소금에 절인 뒤 나무상자에 담았다.
그때 조조는 낙양에 머물고 있었다. 전령이 가지고 온 관우의
머리를 보자 조조는 쓸쓸하게 웃었다.

"천하 명장 관우가 죽었으니 이제 한시름 놓게 생겼구나."

곁에 있던 사마의가 고개를 저으며 말했다.

"대왕은 손권의 잔꾀에 속고 계십니다. 손권이 관우를 죽여
놓고 보복을 당할까 두려워 대왕께 보낸 것이지요."

"음, 듣고 보니 그 말이 맞군. 그렇다면 우린 어떻게 해야 하
는가?"

"관운장의 머리를 장사 지내 주십시오."

조조는 관우를 땅에 파묻기 전에 나무상자 뚜껑을 열게 했

다. 마지막으로 관우의 얼굴을 보기 위해서였다. 관우의 모습은 놀랍게도 살아 있을 때와 다름없었다.

"안녕하시오. 관운장…… 어찌하여 내 곁을 떠나고 급기야 이런 화를 당했소?"

조조는 딱하다는 듯 중얼거렸다. 그런데 말이 채 끝나기도 전이었다. 관우가 두 눈을 부릅뜨고 조조를 험상궂게 노려보았다. 조조는 상자를 떨어뜨린 채 그대로 기절하고 말았다.

"관운장은 과연 하늘이 낸 장수로다!"

다음 날 조조는 부하들을 시켜 향나무로 관우의 몸을 깎게 했다. 몸이 만들어지자 머리와 함께 관에 넣어 성문 밖에 장사 지냈다.

그 무렵, 공명은 성루에 올라 하늘을 살피고 있었다. 공명은 조조가 있는 동북쪽 하늘을 살핀 뒤 천천히 동남쪽으로 시선을 돌렸다. 형주 부근 하늘엔 붉은 구름이 잔뜩 끼어 있었다.

'음, 이상하구나. 며칠째 붉은 구름이 끼어 있으니…….'

공명은 턱을 매만지며 근심에 사로잡혔다. 바로 그때였다. 구름 사이로 유난히 붉게 타는 별 하나가 모습을 드러냈다. 붉은 별은 길게 꼬리를 그으며 땅으로 곤두박질쳤다.

"앗!"

공명은 자신도 모르게 비명을 질렀다.

"관운장에게 무슨 일이 생긴 모양이구나."

공명은 침통한 표정으로 중얼거렸다.

그 시각, 유비 또한 잠을 이루지 못하고 깨어 있었다. 이유 없이 심장이 뛰고 손발이 떨렸다. 유비는 불을 밝히고 촛불 앞에 앉았다. 책을 읽으며 정신을 집중하던 순간이었다.

"형님……."

유비를 부르는 소리와 함께 촛불이 바람에 흔들렸다.

"그대는 누군가?"

이상한 생각이 들어 유비는 벌떡 몸을 일으켰다.

"형님, 아우의 원한을 풀어 주십시오."

그 말과 함께 촛불 아래 관우가 모습을 드러냈다.

"오, 관우가 아닌가?"

유비는 팔을 뻗으며 관우를 향해 달려갔다. 그러자 관우의 모습은 감쪽같이 사라졌다. 유비는 깜짝 놀라 몸을 일으켰다. 깨고 보니 꿈이었다. 온몸에 식은땀이 가득했다.

'아, 관우에게 무슨 일이 일어났구나…….'

유비는 옷을 갖추고 급히 밖으로 나왔다. 아니나 다를까. 밖

이 소란스러워지더니 낯익은 얼굴 하나가 궁궐 마당으로 뛰어
들어왔다.

"그대는 요화 아닌가? 어찌 된 일인지 소상히 말해 보게."

요화는 숨을 헐떡이며 울음을 터뜨렸다.

"큰일 났습니다. 관운장께서 조조군과 싸우는 사이 손권이
형주를 공격했습니다. 장군은 지금 맥성에 갇혀 계신데 몹시
위태롭습니다. 유봉과 맹달에게 도움을 청했으나 거절당해 할
수 없이 성도로 달려왔습니다."

유비는 두 손을 덜덜 떨며 주변에 명령했다.

"당장 군사를 일으켜라! 형주로 달려가 내 아우를 구해야
겠다."

유비는 고함을 치며 갑옷을 갖춰 입었다. 그런데 날이 밝자
형주에서 또다시 군사 하나가 달려왔다. 군사는 온몸이 피투
성이었다. 군사는 유비를 보자마자 바닥에 엎드려 통곡했다.

"관운장께서 밤에 맥성을 빠져나오다가 오군에 사로잡히셨
습니다. 손권이 여러 차례 항복을 권했으나 장군께서는 끝내
거절하셨습니다. 그러다가 아드님인 관평과 함께 장렬히 죽고
말았습니다."

"아······."

그 소리를 듣자 유비는 비명을 지르며 그대로 쓰러졌다. 늘어섰던 모든 신하들이 통곡하며 주저앉았다. 공명이 황급히 유비를 부축하며 소리쳤다.

"어서, 침상으로 모셔라!"

유비는 한참 뒤 정신을 차렸다. 공명을 보자 유비는 눈물을 흘리며 중얼거렸다.

"관운장과 나는 한날한시에 죽기로 맹세한 몸이네. 이제 나 혼자 무슨 낯으로 살아간단 말인가?"

공명이 유비를 위로했다.

"죽고 사는 것은 하늘이 정한 이치입니다. 대왕께서는 부디 기운을 내십시오."

"내 맹세코 오를 멸망시키고 손권의 목을 벨 것이오!"

유비는 몸을 부르르 떨었다.

다음 날 유비는 사람을 보내 맹달과 유봉을 불러들이게 했다. 소식을 전해 들은 맹달은 크게 한탄했다.

'관운장을 돕지 않았다고 나를 죽이려고 하는구나.'

맹달은 벼슬을 내놓고 말을 달려 위나라로 도망쳤다. 그러나 유봉은 침착하게 성도로 올라왔다.

"아버님, 용서해 주십시오. 숙부님을 구하지 못한 건 맹달

장군 때문이었습니다."

유봉은 엎드려 용서를 구했다. 그러나 유비의 반응은 냉담했다.

"칼을 물고 자결하지 못하고 무슨 낯짝으로 나를 보러 왔더냐? 내 비록 너와 부자의 인연을 맺었다고는 하나 너를 용서할 수 없다."

유비는 유봉을 끌어내 목을 베게 했다.

"아버님……."

유봉은 형장으로 끌려가며 소리쳐 울었다.

그 무렵, 조조는 이상한 일을 겪고 있었다. 눈만 감으면 관우의 얼굴이 아른거렸던 것이다. 마침내 조조는 병에 걸려 자리에 눕고 말았다. 온몸에 땀이 비 오듯 흐르고 머리가 도끼로 찍는 듯 쑤시고 아팠다.

"의원을 불러와라!"

조조는 짜증을 내며 부하들에게 명령했다. 하지만 누구도 조조의 병을 고치지 못했다. 어느 날 대신 화흠이 들어와 조조에게 아뢰었다.

"대왕의 병을 고칠 의원은 세상에 한 명밖에 없습니다. 그는 화타라는 의원으로 환자를 찾아 세상을 떠돈다고 합니다. 마침 그가 낙양 인근을 지나가고 있다 하니 그를 불러 병을 보이십시오."

"화타라면 관운장의 화살 독을 치료한 그 의원이 아닌가?"

"그렇습니다."

조조는 사람을 보내 화타를 불러오게 했다. 화타는 한동안 조조의 맥을 짚어 본 뒤 말했다.

"늘상 대왕의 머리가 아프고 헛것이 보이는 이유는 골에 피가 찼기 때문입니다. 고칠 수 있는 방법은 한 가지밖에 없는데 대왕이 허락을 하실지 모르겠습니다."

"방법이 있다면 무슨 짓이든 못하겠나?"

조조의 표정이 환하게 밝아졌다.

"먼저 몸을 마비시키는 약을 잡수신 뒤 도끼로 두개골을 깨고 골에 괸 피를 뽑아내야 합니다."

그 소리를 듣자 조조는 펄쩍 뛰었다.

"무엇이라고? 살아 있는 사람의 두개골을 어찌 깰 수 있단 말이냐? 듣고 보니 네놈이 나를 죽이려고 수작을 부리는구나!"

조조는 길평이 오래전에 자신을 독살하려 했던 일을 떠올렸다.

"저를 믿으십시오. 수술을 끝낸 뒤 다시 두개골을 맞추고 바늘로 꿰매면 대왕의 병은 금세 나을 것입니다."

"닥치거라. 여봐라, 저놈을 끌어내 당장 목을 베어라!"

조조는 불같이 화를 냈다. 가후를 비롯한 대신들이 조조를 말렸지만 듣지 않았다. 군사들은 화타를 끌어내어 그대로 목을 잘랐다. 화타는 아무런 저항도 하지 않은 채 순순히 칼을 받았다. 실로 어이없는 죽음이었다.

며칠 뒤 조조는 이상한 꿈을 꾸었다. 세 필의 말이 구유에 머리를 박고 여물을 다투는 꿈이었다. 조조는 모사 가후를 불러 물었다.

"말 세 마리가 한 구유에서 여물을 먹는 꿈을 꾸었네. 도대체 무슨 징조인가?"

가후가 생각해 보니 이는 대단히 나쁜 흉몽이었다. 그러나 가후는 조조를 안심시키려고 거짓 해몽을 해 주었다.

"참으로 길한 꿈을 꾸셨습니다. 전쟁터에 있어야 할 말들이 한가롭게 여물을 먹고 있으니 이는 나라가 평화로워진다는 뜻입니다. 대왕께선 아무 걱정 하지 마십시오."

그러나 세 마리의 말이 암시한 것은 사실 사마의와 사마사, 사마소 등의 세 부자였다. 즉 조조가 죽고 난 뒤 조조의 부장

가운데 하나인 사마의와 그의 아들들이 나라를 빼앗아 다스리게 된다는 엄청난 내용의 꿈이었던 것이다. 가후는 몸이 아파 누워 있는 조조에게 차마 그런 얘기를 사실대로 할 수 없었다.

그런데 그날 밤이었다. 새벽이 되어 조조는 머리가 몹시 아프고 정신이 흐릿해졌다. 어지럽고 눈앞이 흐려 왔다. 조조는 잠을 이루지 못하고 촛불을 밝혔다. 그때 갑자기 촛불이 흔들리며 홀연히 한 떼의 사람들이 나타났다. 그들은 복황후와 복완, 동승, 길평, 화타 등이었다. 모두 조조에 의해 죽임을 당했던 인물들이었다. 그들은 하나같이 온몸이 피투성이였다.

"무, 물러가라!"

조조가 기어들어 가는 목소리로 소리쳤다. 그들이 눈을 부릅뜨고 소리쳤다.

"조조야, 네 목숨을 가지러 왔다!"

조조는 급히 머리맡에 놓인 칼을 빼 들었다. 귀신들은 공중에 떠올라 조조를 조롱했다. 조조는 닥치는 대로 칼을 휘둘렀다. 방 안은 곧 난장판이 되었다. 밖에 있던 신하들이 방으로 달려왔다. 조조는 아무도 없는 허공을 향해 사납게 칼을 휘두르고 있었다.

정신을 차린 조조가 신하들에게 물었다.

"어찌하여 죽은 귀신들이 자꾸 내 눈에 보인단 말이냐?"

가후가 대답했다.

"대왕께선 전쟁터를 누비며 그동안 많은 살생을 하셨습니다. 개중에는 억울하게 죽은 사람들도 많이 있으니 제사를 지내고 그들의 넋을 위로해 주십시오."

그러나 조조는 고개를 저었다.

"옳은 말이다. 천하를 평정하겠다는 목표 하나로 그동안 수없이 많은 사람을 죽였다. 이제 와 후회한들 무슨 소용이 있겠느냐? 죄가 있다면 담담하게 받으리라."

조조는 길게 한숨을 내쉬며 탄식했다.

다음 날부터 조조의 병세는 더욱 악화되었다. 조조는 헛소리를 하며 연신 땀을 흘렸다.

'드디어 내 명이 다했구나……'

조조는 자신이 죽을 때가 되었음을 깨달았다.

조조는 명을 내려 조홍과 진군, 가후, 사마의 등을 불러오게 했다. 조조를 보자 조홍이 눈물을 떨구며 말했다.

"며칠 지나지 않아 자리를 털고 일어나실 것입니다. 힘을 내십시오."

그 순간에도 죽음은 한 발짝, 두 발짝 조조를 향해 다가왔다.

조조는 빙긋 미소를 짓더니 조용히 뒷일을 당부했다.

"사나이로 태어나 칼을 들고 전쟁터에 나온 지 어언 30년이 지났구나. 수많은 영웅호걸들이 내 발밑에 무릎을 꿇었으나 아직 강동의 손권과 서촉의 유비는 건재하다. 아쉬운 일이지만 두 사람을 토벌하지 못한 채 내가 먼저 죽게 되었다. 맏아들 조비는 지혜롭고 용맹하니 비로 하여금 내 뒤를 잇게 하라. 그런 뒤 강동과 서촉을 하나로 통일하여 천 년 대국을 이루어라……"

조조의 눈에 눈물이 가득 고였다.

하고 싶은 말을 모두 끝낸 뒤 조조는 긴 한숨과 함께 숨을 거두었다. 건안 25년 봄, 조조의 나이 예순여섯 살 되던 해의 일이었다.

천하를 호령하던 조조답지 않게 조용한 죽음이었다.

83. 후한 왕조의 멸망

　한나라가 세워진 지도 어느덧 420년 가까운 세월이 흘렀다. 강성하던 한나라는 내시들의 반란으로 그 힘이 급속히 약해졌다. 반란이 진압되자 곳곳에서 도적들이 생겨났다. 그중에 황건적의 힘이 가장 강했다.

　황건적이 난을 일으키자 각지에서 영웅호걸들이 들고 일어났다. 그들은 힘을 합쳐 황건적을 토벌했다. 그러나 그것은 시작에 불과했다.

황건적이 토벌되자 영웅들은 각지로 흩어져 힘을 모으기 시작했다. 동탁을 비롯하여, 원소와 원술 형제, 손책, 여포, 공손찬, 조조, 유비 등 많은 인물들이 천하를 두고 서로 싸웠다. 그럴수록 황제의 권한은 약화되어 갔다.

북쪽을 모두 차지한 조조는 황제를 손아귀에 넣고 주물렀다. 조조가 나라를 다스리는 동안 황제는 허수아비나 다름없었다. 그러나 조조는 죽는 그날까지 스스로 황제가 되지는 않았다.

겨우 명맥을 유지하던 후한 왕조는 조조의 죽음과 동시에 멸망을 맞았다. 조조가 죽자 왕위에 오른 인물은 큰아들 조비였다. 조비는 조조보다 몇 배는 포악한 인물이었다. 왕위에 오른 조비는 황제를 몰아내고 자신이 황제가 되었다. 건안 25년 가을의 일이었다.

황제가 된 조비는 낙양으로 수도를 옮기고 새로 궁궐을 짓게 했다. 황제였던 헌제는 일반 백성이 되어 멀리 산양 땅으로 쫓겨 갔다. 헌제가 궁궐을 나설 때 멀리서 지켜보던 백성들은 눈물을 흘리며 슬피 울었다.

조비의 악행은 거기서 그치지 않았다.

몇 달 뒤 조비는 자객을 보내 헌제를 독살하고 말았다.

황제가 죽었다는 소식은 유비에게도 전해졌다.

"아, 4백 년 한나라도 이제 끝장인가……."

유비는 하늘을 우러러보며 탄식했다. 유비는 모든 신하들에게 상복을 입게 하고 제사를 올렸다. 관우가 죽고 슬픔에 잠겼던 유비는 며칠 뒤 또다시 자리에 눕고 말았다.

공명은 유비의 침상을 떠나지 않고 자리를 지켰다. 며칠 지나지 않아 유비의 병세는 좋아졌다. 유비가 정신을 차리자 공명이 나직이 아뢰었다.

"한나라를 어찌 조비 따위의 손에 빼앗길 수 있단 말입니까? 황제가 돌아가셨고 그 혈통 또한 찾을 길이 없습니다. 다행히 주군께서는 한실의 혈통을 이어받은 분입니다. 황제의 자리에 오르시어 사그라져 가는 한나라 황실을 되살리십시오."

공명의 말이 끝나자 유비는 펄쩍 뛰었다.

"그 무슨 당치도 않은 소리시오?"

그러나 공명은 물러나지 않았다. 며칠 뒤 공명은 문무백관을 거느리고 유비를 찾아왔다.

"누군가 황제가 되어 한나라 전통을 이어야 합니다. 그런 다음 손권과 조를 치고 나라를 하나로 통일해야 합니다. 부디 그 역할을 맡아 주십시오. 이는 하늘의 뜻이자 만백성의 뜻입니다."

그러자 유비는 큰 소리로 대신들을 꾸짖었다.

"내가 황제에 오른다면 황제 자리를 도적질한 조비와 다를 바 없네. 보기 싫으니 모두 물러가게!"

유비는 완강하게 거절했다. 유비가 거듭 거절하자 공명은 한 가지 꾀를 내었다. 그날 이후 공명은 병을 핑계로 궁궐에 들지 않았다. 유비가 몇 번이나 사람을 보냈지만 그때마다 공명은 아프다는 핑계만 댔다.

"내가 직접 공명을 찾아가야겠다."

유비는 가마를 타고 친히 공명의 집으로 찾아갔다. 유비가 보니 공명은 정말로 병색이 완연한 얼굴이었다.

"군사는 도대체 어디가 편찮으시오?"

유비가 걱정스런 얼굴로 물었다. 공명이 기다렸다는 듯 대답했다.

"마음의 병이 깊습니다."

"마음의 병이라니? 어떻게 해야 군사의 병을 낫게 할 수 있겠소?"

공명이 한숨을 쉬며 대답했다.

"신이 작은 초가집을 나와 주군을 모신 지 어언 10년 세월이 훌쩍 지났습니다. 처음 계획대로 서촉과 한중을 차지하여 천하를 셋으로 나누는 일도 이루었습니다. 이제 조비와 손권을 토벌하여 천하를 하나로 합쳐야 하는 이때 그만 한나라를 조비에게 빼앗기고 말았습니다. 한나라가 없다면 우리가 무슨 명분으로 저들을 토벌할 수 있단 말입니까? 주군께서 사양치 마시고 황제의 자리에 올라 한나라의 명맥을 유지해 주십시오."

공명은 눈물을 흘리며 간청했다. 공명이 그렇게 나오자 유비도 더는 사양할 수 없었다.

"그렇다면 청을 받아들이리라. 하지만 분명히 할 것이 있소. 오늘날 내가 황제의 자리에 오름은 오로지 백성들을 위해서요. 백성들의 뜻을 저버린다면 언제든 그 자리를 어진 사람에게 넘기겠소."

유비는 하늘을 우러러보며 그렇게 맹세했다.

나라 이름은 '촉한'으로 정해졌다. 조비에게 빼앗긴 한나라의 뒤를 잇는다는 뜻이었다. 날이 정해지자 유비는 여러 대신들의 축복을 받으며 황제의 자리에 올랐다. 아두로 불리던 세자 유선이 태자에 봉해지고 옥새가 새로 만들어졌다.

연호는 장무로 정해졌다. 오랫동안 군사의 직위에 있던 공명은 승상이 되었다. 유비는 옥문을 열어 죄인을 풀어 주고 백성들에게 쌀과 고기를 내렸다. 며칠 동안 잔치가 열린 가운데 백성들은 풍악을 울리며 춤추고 노래했다.

잔치가 끝난 저녁이었다.

장비가 씩씩거리며 유비를 찾아왔다. 그 무렵 장비는 낭중 땅을 맡아 지키고 있었다. 장비는 관우가 동오의 손권에게 죽었다는 소식을 듣고 매일같이 목놓아 울었다. 장비가 울음을 그치지 않자 부하들은 그에게 술을 권했다. 술을 마시자 더욱 분노가 끓어올랐다. 장비는 남쪽 하늘을 노려보며 통곡하다가 잠이 들곤 했다.

"어서 들도록 하라."

장비가 왔다는 말에 유비는 반갑게 몸을 일으켰다. 방에 들어온 장비는 절을 올리자마자 유비의 손을 잡고 울기부터 했다.

"형님께서는 황제가 되셨다고 도원의 맹세를 잊으셨소? 도대체 관우 형님의 원수는 언제 갚을 작정이십니까?"

장비의 입에서는 술 냄새가 진동했다.

"내 어찌 잊겠나?"

유비가 달래듯 대답했다.

"만약 형님이 머뭇거린다면 나 혼자라도 관우 형님의 원수를 갚을 것이오."

장비는 그렇게 말하며 주먹으로 눈물을 닦았다. 유비도 마주 눈물을 흘렸다.

"나도 가겠다. 낭중으로 돌아가 네가 거느리고 있던 군사를 모두 이끌고 기다리도록 해라. 곧 동오를 쳐서 원한을 씻으리라."

"형님만 믿겠습니다."

돌아가는 장비를 향해 유비가 충고했다.

"자네가 술로 세월을 보낸다는 소식을 들었네. 술을 마시면 성격이 급하게 변하고 거칠어지니 이 시간 이후로는 무엇보다 술을 조심하게."

"알겠습니다, 형님!"

장비는 큰 소리로 대답하고 낭중으로 떠났다.

다음 날, 유비는 문무백관들을 불러 놓고 말했다.

"짐은 도원에서 관운장, 장비와 형제의 의를 맺고 함께 살고 함께 죽기로 맹세한 몸이오. 그런데 불행하게도 관운장이 홀로 형주를 지키다가 동오의 손권에게 죽고 말았소. 군사를 일으켜 동오를 멸망시키고 관운장의 한을 씻을까 하오."

유비는 오직 죽은 관운장 생각뿐이었다. 그러자 신하들 가운데 한 사람이 대열에서 빠져나와 바닥에 엎드렸다.

"부디 신중하게 생각하십시오."

그는 다름 아닌 조자룡이었다.

"관운장이 목숨을 잃은 것은 안타까운 일이지만 그것은 사적인 일입니다. 우선 한나라를 멸망시킨 조비를 먼저 공격하여 황실을 구한 뒤에 손권을 공격하십시오."

유비는 화를 벌컥 냈다.

"사적인 일이라니? 오나라는 우리를 배신한 부사인, 미방은 물론 관운장의 원수 반장과 마충이 살고 있는 곳이네."

유비는 조자룡을 꾸짖고 영을 내렸다.

"군사를 일으켜라! 관운장의 원수를 갚을 것이다. 만일 반대하는 자가 있다면 그의 목부터 베고 말 것이다!"

유비의 두 눈은 증오심으로 부글부글 끓어올랐다. 유비가 그렇게 나오자 더는 반대하는 사람이 없었다.

소식을 전해 들은 공명은 깜짝 놀랐다. 그날 공명은 몸이 좋지 않아 집에서 쉬고 있었다. 공명은 즉시 편지를 써서 유비에게 보냈다.

나라가 아직 안정되지 않은 이때
원한만으로 손권을 공격하는 것은 옳지 않습니다
좀 더 군사를 기른 뒤에 기회를 보아

중원으로 군사를 내십시오

지금은 군사를 일으킬 때가 아닙니다

설령 군사를 일으킨다 해도 성과를 거두기가 어렵습니다

그러나 유비는 공명의 말을 듣지 않았다.

"짐의 뜻은 이미 정해졌다. 누구도 나를 막지 말라!"

유비는 들고 있던 편지를 바닥으로 내던졌다. 복수심에 불
타는 유비에게 신하들의 옳은 소리가 들릴 리 없었다.

'아, 이 일을 어찌하면 좋을까……'

공명은 길게 한탄했다. 하지만 유비의 뜻이 그러하니 어쩔
수 없는 일이었다. 공명은 유비의 뜻을 받들어 전쟁 준비를 서
둘렀다.

준비가 끝나자 유비는 제단에 올라가 천지신명께 제사를
지냈다. 그런 다음 허리에 찼던 보도를 빼 들고 출발 명령을
내렸다.

"출발하라! 이제 하늘의 뜻을 받들어 강동 땅을 토벌하고 관
운장의 원수를 갚으리라. 승상 제갈량은 태자와 함께 양천을
지키도록 하라. 표기장군 마초는 아우 마대와 함께 진북장군
위연을 도와 한중을 사수하라. 호위장군 조자룡은 후군이 되

어 군량과 마초를 책임지고 운송하라. 황권과 정기, 마량, 진진은 참모가 되어 전쟁으로 나아가라. 후장군 황충은 선봉이 되어 오나라로 나아가라. 부장 풍습과 장남, 부동, 장익은 중군을 호위하라!"

"폐하의 명을 따르겠습니다!"

장졸들은 일제히 우렁차게 대답했다. 서촉과 한중의 여러 맹장들이 다 모였고 남만 땅에 살던 오랑캐 족까지 싸움에 가세했다. 날고 기는 장수가 수백이요, 군사가 모두 75만 명이었다.

"공격하라!"

"북을 울려라!"

촉군은 함성을 지르며 수도인 성도를 출발했다.

때는 바야흐로 장무 원년 7월이었다.

84. 장비의 억울한 죽음

낭중에 있던 장비에게도 공격 명령이 떨어졌다.

'드디어 형님의 원수를 갚게 되었다.'

장비는 부장들을 소집한 뒤 엄하게 명령했다.

"우리는 관우 장군의 복수를 위해 싸우는 군사들이다. 흰 깃발을 들고 흰 갑옷을 착용하라. 사흘 뒤에 손권이 있는 오나라 수도 건업으로 진격할 것이다."

갑옷 만드는 일을 맡은 장수는 범강과 장달이라는 부장이었다. 다음 날 두 장수는 장비를 찾아와 말했다.

"기간을 좀 늘려 주십시오. 아무래도 사흘 안에는 힘들 것 같습니다."

갑옷 수만 개를 사흘 안에 만드는 일은 불가능한 일이었다. 마음이 급했던 장비는 버럭 화부터 냈다.

"이놈들아, 안 되면 수단과 방법을 가리지 말고 만들어라."

두 장수는 할 수 없이 막사로 돌아왔다. 흰색 천을 있는 대로 끌어 모았지만 겨우 갑옷 수천 개를 덮을 수 있는 분량이었다. 두 장수는 다음 날 다시 장비를 찾아갔다.

"장군, 지금 있는 천으로는 깃발 만들기도 부족한 실정입니다."

장비의 고리눈에 불이 번쩍 들어왔다.

"뭐라고? 네놈들이 군령을 어길 셈이냐?"

화가 치민 장비는 두 장수를 나무에 매달고 쉰 대씩 매를 때렸다. 두 장수의 볼기에서는 살점이 떨어지고 피가 흘렀다. 매질이 끝나자 장비가 소리쳤다.

"내일까지 흰 기와 갑옷을 완성해라. 만약 그렇게 하지 못하면 너희 두 놈의 목을 베어 본보기로 삼으리라!"

두 장수는 엉금엉금 기어서 겨우 막사로 돌아갔다. 억울하게 매를 맞은 두 장수는 밤이 깊도록 눈물을 흘렸다. 새벽이 되자 범강이 장달에게 말했다.

"어차피 내일이 되면 우린 죽은 목숨이네. 그럴 바엔 차라리 우리가 먼저 저자를 죽여 버리는 게 어떻겠나?"

장달이 고개를 끄덕이며 대답했다.

"장비는 사납기가 미친 범과 같은 장수일세. 무슨 수로 죽인단 말인가?"

"장비는 오늘도 술을 마시고 깊이 곯아떨어져 있을 걸세. 장비의 목을 베어 오국으로 도망치면 우리 목숨을 부지할 수 있을 것이네."

두 장수의 말은 사실이었다. 장비는 저녁부터 술을 마시고 몹시 취한 상태였다. 범강과 장달은 단검을 숨긴 채 장비의 막사로 다가갔다.

"무슨 일입니까?"

파수 보던 군사가 범강과 장달을 가로막았다.

"깃발 만드는 일로 급히 상의할 게 있네."

범강이 되는 대로 둘러댔다. 파수 보던 군사는 별 의심 없이 문을 열어 주었다. 두 사람은 소리를 죽여 장비가 누운 침상으로 다가갔다. 다음 순간, 두 장수는 깜짝 놀랐다. 장비가 두 눈

을 부릅뜬 채 누워 있었기 때문이다. 하지만 장비는 원래 눈을 뜨고 자는 버릇이 있었다. 코 고는 소리가 천둥 치듯 막사를 울렸다. 두 장수는 단검을 뽑아 장비의 목을 베었다. 술에 곯아떨어진 장비는 자신이 죽는 줄도 모르고 그대로 목이 잘렸다.

범강과 장달은 죽은 장비의 목을 들고 오나라로 도망쳤다. 장비의 죽음이 알려진 것은 다음 날이었다. 장수들은 군사를 이끌고 급히 범강과 장달을 쫓았다. 하지만 그들은 이미 동오로 건너간 뒤였다.

장비의 맏아들 장포는 시신을 지키며 유비에게 전령을 보냈다. 오나라로 진격하던 유비는 그 자리에 털썩 주저앉았다. 아무리 생각해도 믿어지지 않는 이야기였다.

"그, 그게 사실인가?"

유비는 떨리는 목소리로 다시 물었다. 전령은 땅에 꿇어 엎드려 낭중에서 일어난 일을 자세히 들려주었다.

"어떻게 그런 일이 일어날 수 있단 말인가? 관우가 죽고 이제 장비마저 죽었으니 나 혼자 무슨 염치로 살아간단 말이냐."

땅을 치며 통곡하던 유비는 그 자리에서 실신했다.

행군은 중지되었다. 다음 날도, 그 다음 날도 유비는 음식을 거른 채 누워 있었다. 사흘째 되던 날 신하가 들어와 보고했다.

"한 떼의 군마가 바람처럼 오고 있습니다."

유비는 겨우 정신을 차리고 밖으로 나가 보았다. 흰 갑옷에 흰 투구를 쓴 젊은 장수가 말에서 뛰어내렸다. 그는 유비를 보자마자 달려들어 대성통곡했다. 그는 다름 아닌 장비의 큰아들 장포였다.

"폐하, 저도 선봉이 되어 싸우게 해 주십시오. 반드시 아버님의 원수를 갚겠습니다."

장포가 눈물로 간청했다. 바로 그때였다. 맞은편에서 자욱이 먼지가 일며 또다시 한 떼의 군사가 달려왔다. 앞에 선 장수 역시 흰 갑옷에 흰 투구를 쓰고 있었다.

"오, 너는 관흥이로구나."

유비는 그를 보자 어깨를 끌어안고 통곡했다. 그는 죽은 관우의 아들이었다.

"동오를 공격한단 소리를 듣고 달려오는 길입니다. 소신에게 선봉을 맡겨 주십시오. 아버님의 원수를 갚겠습니다."

관흥이 머리를 조아리고 말했다. 그러자 옆에 있던 장포가 버럭 소리를 질렀다.

"그게, 무슨 소린가? 선봉은 내가 맡을 것이다."

관흥도 지지 않고 대꾸했다.

"네가 무슨 재능이 있어 선봉을 맡는다는 말이냐?"

두 소년 장수는 금방이라도 싸울 듯 험하게 서로를 노려보았다.

슬픔에 잠겼던 유비의 얼굴에 비로소 희색이 돌았다.

"좋다. 그렇다면 두 사람의 무예 실력을 비교하여 선봉을 결정하리라."

유비는 백 걸음 밖에 동그라미가 그려진 과녁을 설치하게 했다. 장포는 과녁을 보자 화살 세 대를 시위에 먹여 연거푸 쏘았다. 화살은 세 개 모두 과녁에 명중했다.

"장비 장군이 살아 돌아온 듯하군!"

지켜보던 군사들은 일제히 환호성을 질렀다.

"겨우 그걸 가지고 뭘 그러는가? 나는 저기 날아가는 기러기를 쏘아 떨어뜨리겠네. 앞에서 세 번째일세."

관흥은 활을 공중으로 향하고 힘껏 시위를 당겼다. 화살은 세 번째 기러기를 정통으로 꿰뚫었다. 지켜보던 사람들은 놀라운 솜씨에 입을 다물지 못했다. 아버지를 닮아 성격이 급한 장포였다. 관흥의 솜씨를 보자 장포는 배가 뒤틀렸다.

"좋다! 당장 말에 올라라. 누가 더 강한지 1천 합을 겨뤄 보자!"

장포는 아버지가 쓰던 장팔사모를 움켜쥐고 훌쩍 말안장 위로 뛰어올랐다. 관흥도 지지 않고 대꾸했다.

"흥, 누가 겁낼 줄 아느냐?"

관흥 역시 큰 칼을 쥐고 말 위에 올랐다.

"무례하구나!"

유비는 급히 두 장수를 꾸짖어 말렸다.

"짐은 오래전 그대들의 아비와 형제의 인연을 맺었느니라. 그런데 어찌하여 형제끼리 무기를 들이대느냐?"

"잘못했습니다."

두 장수는 무릎을 꿇고 용서를 빌었다.

유비는 두 장수에게 술을 내린 뒤 형제의 연을 맺게 했다. 나이를 따져 보니 장포가 관흥보다 한 살 위였다. 그리하여 장포가 형이 되고 관흥이 아우가 되었다.

"두 사람은 죽는 그날까지 형제의 연을 변치 마라."

관우와 장비를 쏙 빼닮은 두 장수를 보자 유비는 힘이 났다.

"진격하라! 원수를 갚아라!"

관흥과 장포를 선봉으로 삼은 유비는 오나라로 진격했다.

그 무렵, 오나라는 깊은 근심에 쌓여 있었다. 범강과 장달이 항복한 이후 촉의 공격은 점점 현실로 다가왔다. 손권은 대신들을 모아놓고 연일 대책 회의를 열었다.

"유비의 대군이 자그마치 70만이 넘는다 하오. 이를 어찌하면 좋겠소?"

손권은 턱을 어루만지며 대신들을 쳐다보았다. 대신들은 얼굴이 굳어진 채 서로 눈치만 살폈다. 그때 머리를 조아리며 앞으로 나서는 사람이 있었다.

"소신이 유비를 만나 설득해 보겠습니다. 그사이 시간을 벌어 적과의 싸움에 대비하십시오."

그는 오나라로 건너와 벼슬을 하고 있는 공명의 형, 제갈근이었다. 손권은 크게 기뻐하며 제갈근을 사자로 삼아 유비에게 보냈다.

그때 유비가 이끄는 촉군은 백제성까지 내려와 있었다. 제갈근을 보자 유비는 인상을 잔뜩 찌푸렸다.

"그대는 무슨 일로 오셨소?"

제갈근이 절을 올리며 대답했다.

"우리 주군께서는 관운장을 죽게 한 것을 크게 뉘우치고 계십니다. 또한 빼앗은 형주 땅도 촉나라에 돌려 드리겠답니다. 폐하께서는 부디 오국과 화친을 맺고 함께 조비를 토벌하소서."

말이 끝나자 유비는 손으로 책상을 내리쳤다.

"이제 와서 잘못을 뉘우치면 무얼 하겠다는 건가? 그런다고 죽은 관운장이 살아 돌아오기라도 한단 말인가?"

"고정하십시오. 관운장이 죽은 건 매우 애석한 일입니다. 화친을 맺어 주시면 관운장을 죽인 무리들과 범강, 장달을 함께 묶어 그 목을 바치겠습니다. 부디 원한을 풀어 주십시오."

유비는 화가 머리끝까지 치밀어 빽 소리를 질렀다.

"듣기 싫다! 지금 당장 건업으로 돌아가 손권에게 말하라. 오나라를 잿더미로 만들기 전에는 결코 돌아가지 않겠노라고!"

제갈근은 쫓겨나다시피 유비 앞을 물러났다.

제갈근이 성과 없이 돌아오자 손권은 한숨을 내쉬었다.

"결국 전쟁이로군. 오나라의 운명이 바람 앞의 등불처럼 위험하게 되었구나……."

그러자 조자라는 신하가 꿇어 엎드려 아뢰었다.

"제게 좋은 계책이 있습니다. 주군께서는 편지 한 통만 써 주십시오."

그 말에 손권의 얼굴이 밝아졌다.

"그래, 어서 말해 보게."

"지난날 관우와 싸울 때 우리와 위나라는 잠시 동맹을 맺은 바 있습니다. 비록 조조가 죽고 조비가 뒤를 이었다고는 하나,

아직 그 동맹에는 변함이 없습니다. 신이 조비를 만나 뵙고 위나라 군대를 움직여 촉군을 물러가게 하겠습니다.”

“나라를 구할 방법이 있다면 무엇이든 못 하겠나?”

손권은 편지 한 통을 써서 조자에게 들려 주었다. 조자는 밤낮으로 말을 달려 조비가 있는 낙양으로 나아갔다.

조자를 보자 조비가 단 위에 높이 앉아 물었다.

“그대는 어떤 일로 나를 찾아왔는가?”

조자는 그동안의 일을 자세히 말한 뒤 엎드려 청했다.

“바라옵건대 대왕께서는 군사를 일으켜 촉을 멸해 주십시오. 그렇게 해 주시면 우리 오나라는 영원히 위국을 주군의 나라로 받들어 모실 것입니다.”

“항복을 하겠다는 말인가?”

“그렇습니다……”

조비는 조자를 시험할 목적으로 이것저것 국내외 정세를 물어보았다. 그때마다 조자는 막힘없이 조비의 말에 대답했다. 조비가 물었다.

“그대 같은 인재가 오나라엔 얼마쯤 되는가?”

조자가 엎드려 대답했다.

“저와 같은 인재는 수레로 실어 나를 수 있을 만큼 많습니다.”

"음…… 알았으니 물러가게."

조자가 물러가자 모사 유협이 조비에게 물었다.

"이제 어찌하실 계획입니까? 소인의 어리석은 생각으로는 이번 기회에 군사를 일으켜 촉과 함께 오를 공격하는 게 좋을 듯합니다. 촉과 우리가 양쪽에서 오를 공격하면, 오는 견디지 못하고 금세 무너질 것입니다."

그러자 조비는 고개를 흔들었다.

"지금으로선 군사를 내지 않는 게 상책이오."

유엽이 고개를 갸우뚱했다.

"그게 무슨 말씀이십니까?"

"지금 우리가 오나라를 도우면 유비의 원한을 사게 될 뿐이오. 그렇다고 공연히 군사를 일으켜 촉을 돕는 것 또한 이롭지 않소. 오와 촉이 서로 싸우는 동안 우리는 군사를 기르며 가만히 기다리는 것이오. 그런 다음 남은 하나를 쳐 없애면 될 것이오."

"오에서 구원을 요청하지 않았습니까?"

"구원군을 보내 줄 듯 하면서 적당히 시간을 끄시오."

그제야 유협은 조비의 뜻을 알고 입을 굳게 다물었다.

조비는 떠나는 조자에게 손권을 오나라 왕에 봉한다는 칙령을 내렸다. 손권이 항복을 했기 때문에 벼슬을 내린 것이었다.
따라서 위나라와 오나라 사이에는 다시 일시적인 동맹 관계가
성립되었다.

85. 장포와 관흥

오나라로 연일 급보가 날아들었다. 촉나라 군대는 어느덧 국경까지 이르러 있었다. 물과 육지로 나누어 공격해 오는 촉군의 기세는 하늘을 찔렀다. 말발굽 소리가 천지를 진동하고 함성 소리가 땅을 울렸다.

"큰일이군! 위나라의 구원병은 어찌하여 오지 않는가?"

손권은 안절부절못하며 대신들을 쳐다보았다.

"주유가 있어 적벽에서 조조의 백만 대군을 섬멸했다. 주유가 죽자 노숙이 나타나 나라를 이끌었다. 노숙이 죽은 뒤에는 여몽이 있어 피 한 방울 흘리지 않고 형주를 빼앗았다. 이제 누가 나서서 적을 물리친단 말이냐?"

손권은 길게 탄식했다. 손권이 믿었던 여몽은 형주를 빼앗은 직후 병을 얻어 죽은 터였다.

"주군께서는 어찌하여 인재가 없다 한탄을 하십니까?"

그때 홀연히 한 소년 장수가 앞으로 나섰다.

"바라건대 저를 보내 주십시오. 군사 몇 만만 주신다면 목숨을 다해 적을 물리치겠습니다."

그는 나이가 스물다섯 살밖에 되지 않은 손권의 조카 손환이었다.

"조카는 아직 나이가 어리다. 또 누가 나서겠느냐?"

그러자 또 한 장수가 의자를 박차고 일어났다.

"저도 보내 주십시오. 촉군의 머리를 모조리 베어 장강 물에 처넣겠습니다."

그는 형주성 싸움에서 공을 세운 바 있는 주연이었다.

"힘껏 싸워 적을 물리치도록 하라!"

손권은 크게 기뻐하며 손환과 주연에게 각각 2만5천 군사를 내주었다.

"우리는 천하무적 강동 군사들이다! 진격하라!"

손환은 젊은 혈기만 믿고 급히 군사를 재촉했다. 그때 촉군은 의도 부근에 진영을 세운 상태였다. 손환도 그 맞은편에 진영을 세우고 싸울 준비를 했다. 손환이 왔다는 소식을 듣자 유비는 이마를 찡그렸다.

"손권이 나를 무시해도 분수가 있지. 어찌 그런 어린아이를 내보냈단 말이냐?"

그러자 관흥이 대답했다.

"숙부님, 제가 가서 그 어린것을 사로잡아 오겠습니다."

장포가 그 모습을 보자 눈을 치켜세웠다.

"저도 내보내 주십시오."

유비는 웃으며 고개를 끄덕였다.

"그렇다면 첫 싸움은 두 조카가 사이좋게 공을 세워 보라."

장포와 관흥은 군사를 이끌고 오군이 있는 곳으로 나아갔다. 손환은 촉군이 다가오자 부장 이이와 사정을 거느리고 마주 나갔다.

"손환은 썩 나와서 내 창 맛을 보거라!"

흰 갑옷을 입은 장포가 장팔사모를 흔들며 소리쳤다.

손환도 말을 타고 장포를 향해 달려들었다.

"너도 네 아버지처럼 머리 없는 귀신이 되고 싶으냐?"

장포의 고리눈에 번쩍 불이 들어왔다.

"이놈, 감히 돌아가신 아버님을 입에 오르내리다니!"

장팔사모가 번쩍 허공으로 솟구쳤다. 그 모양을 보자 손환은 재빨리 말을 돌려 달아났다. 손환이 달아나자 부장인 이이와 사정이 도끼와 칼을 휘두르며 달려 나왔다. 장포는 이이와 사정을 맞아 50합을 겨루었다.

"이놈들, 너희들 따위는 만 명도 능히 상대할 수 있다!"

장포의 기상은 아버지와 하나도 다르지 않았다. 장포의 창은 시간이 지나면 지날수록 예리해졌다. 마침내 이이와 사정의 목숨이 위태로운 지경에 이르렀다. 멀리서 지켜보던 오군 하나가 몰래 활을 꺼내 장포에게 쏘았다. 화살은 장포가 탄 말에 꽂혔다. 말이 아픔을 이기지 못하고 날뛰었다.

"제기랄!"

장포는 땅바닥으로 곤두박질쳤다. 그 틈을 노려 이이가 도끼를 들고 다가왔다. 이이의 도끼가 막 장포의 머리를 내리칠 순간이었다. 한 줄기 섬광이 번득이며 돌연 이이의 머리가 땅으로 날아갔다.

"여기 관운장의 아들 관흥이 있다. 누가 나를 상대하랴!"

관홍이 칼끝으로 이이의 머리를 들어 올렸다. 그 모양을 본 장포도 창을 번개처럼 휘둘러 사정의 목을 찔렀다. 사정은 놀라 눈을 뒤집은 채 숨을 거두었다.

"와아!"

기세가 오른 촉군은 그대로 오군 진지를 휩쓸었다. 촉군은 거센 폭풍 같았다. 오군은 자기들끼리 짓밟으며 허겁지겁 달아났다. 부장과 군사를 대부분 잃고 손환은 겨우 목숨을 건져 촉군의 추격을 벗어났다.

크게 패한 손환은 산속으로 들어가 구원병이 오기를 기다렸다. 장포와 관홍은 군사를 다그쳐 장강 인근에 이르렀다. 장강엔 주연이 거느린 2만5천 수군이 남아 있었다. 장포와 관홍은 장강 인근에 막사를 세우고 오군 진지를 염탐했다.

다음 날, 촉군 장수 오반이 부장 장남과 풍습을 대동하고 도착했다. 장포와 관홍을 칭찬한 뒤 오반은 한 가지 계책을 내놓았다.

"주연의 군사는 대부분 수군이니 우리는 배가 없어 적을 이길 수 없네. 내일 산속에 있는 손환의 진영을 공격하세. 그러면 주연은 수군을 이끌고 손환을 도우러 나올 걸세. 적을 육지로 끌어들인 뒤 군사를 매복시켜 기다리면 모조리 섬멸할 수 있을 것이네."

싸움에 지고 도망친 손환은 장강 인근 작은 산 위에 진을 치고 있었다. 밤이 되자 오반은 부장 장남, 풍습과 함께 세 갈래로 손환을 급습했다. 이제 더는 싸울 군사도 남아 있지 않았다. 손환은 겨우 군사 서너 명을 데리고 급히 산을 빠져나갔다. 촉군은 텅 빈 오군 진지에 불을 질렀다. 불길이 치솟자 주연은 급히 부장 최우를 불러 명령했다.

"군사 1만을 이끌고 달려가 손환을 도와라!"

최우는 배에 있던 수군 1만 명을 이끌고 손환이 있는 곳으로 달려갔다. 그들이 산골짜기에 이르렀을 때였다. 갑자기 북이 울리며 좌우 계곡에서 촉군이 쏟아져 나왔다.

"앗! 속았구나."

최우는 급히 후퇴 명령을 내렸다. 그때 고리눈을 치뜬 장수가 긴 창을 겨누고 달려왔다.

"어딜 도망가느냐!"

장포는 한 손으로 최우의 허리를 낚아챘다. 최우는 손 한 번 쓰지 못하고 그대로 장포에게 사로잡혔다. 최우가 사로잡히자 오군은 무기를 내던지고 달아났다. 달아나는 오군을 쫓아 촉군은 오의 수군이 있는 강가로 진격했다. 간담이 서늘해진 주연은 강을 따라 50리나 후퇴했다.

싸움에 진 손환은 멀리 이릉성으로 도망가 진을 쳤다. 촉군 장수 오반은 군사를 휘몰아 이릉성을 포위했다. 손환이 싸움에 지고 주연이 쫓겨 오자 오나라는 발칵 뒤집혔다. 대신 장소가 손권을 찾아와 아뢰었다.

"아직 우리 오나라엔 뛰어난 장수들이 많이 남아 있습니다. 노장 한당을 대장으로 삼으시고 주태를 부장으로, 반장을 선봉으로, 능통을 후군으로 삼으십시오. 또한 감녕을 지원군으로 삼으시면 능히 한판 싸움을 벌여 볼 수 있을 것입니다."

손권은 그 말을 듣고 다시 군사 10만을 일으켰다. 달리 뾰쪽한 방법이 없었다. 그 무렵 촉군은 건평에서 이릉까지 70리에 걸쳐 진을 치고 있었다.

한편, 첫 싸움에 이긴 유비는 크게 기뻐했다.

"지난날 짐에게는 수없이 많은 용맹한 장수가 있었다. 그러나 지금 그들은 대부분 늙고 병들었다. 장포와 관흥이야말로 우리 촉군의 희망이다."

유비는 장포와 관흥을 한껏 치켜세웠다. 그때 전령이 들어와 보고했다.

"오군 장수 한당과 주태가 군사를 거느리고 왔습니다."

유비는 여러 장수들을 불러 놓고 대책 회의를 열었다. 그런데 자리에 있어야 할 노장 황충이 보이지 않았다.

"황충 장군은 어디 갔는가?"

유비가 주변을 살피며 물었다. 부장 하나가 뛰어 들어와 보고했다.

"황충 장군이 군사 대여섯을 거느리고 이릉 방향으로 사라졌답니다."

그 말을 듣자 유비는 안색이 어두워졌다.

"황 장군은 선봉에 서지 못하자 자신이 늙지 않았음을 증명하러 떠난 것이다. 장포와 관흥은 속히 달려가 황 장군을 도와라!"

유비의 말은 사실이었다. 황충은 유비가 관흥과 장포만 치켜세우자 화가 치밀었다.

"두고 보아라! 보란 듯이 공을 세우리라!"

황충은 말에 올라 나는 듯이 이릉성으로 달려갔다. 이릉성을 포위하고 있던 오반은 황충을 보자 깜짝 놀랐다.

"장군께선 무슨 일로 이렇게 오셨습니까?"

"폐하께서 옛 장수들이 늙고 병들었다 하시기에 적의 목을 베어 공을 세우려고 왔네."

황충이 흰 수염을 매만지며 소리쳤다. 때마침 전령이 뛰어

들어와 보고했다.

"오군 장수 한당과 주태가 군사를 이끌고 오고 있습니다."

그 소리를 듣자 황충은 곧장 말 위에 뛰어올랐다.

"혼자서 어딜 가시렵니까?"

오반이 말고삐를 잡고 소리쳤다.

"자네도 내가 늙었다고 무시할 텐가?"

황충은 버럭 소리를 질렀다.

오군의 선봉은 반장이었다.

"관운장의 원수를 갚으러 왔다. 반장은 속히 나와 칼을 받아라!"

황충이 적진으로 달려가 소리쳤다. 황충을 보자 반장은 코웃음을 쳤다.

"저건 웬 늙은이냐? 누가 나가서 냉큼 목을 베어 와라!"

"제가 가겠습니다."

부장 사적이 창을 휘두르며 황충에게 달려왔다. 그러나 사적 따위가 어찌 황충의 적수가 될 수 있겠는가. 창을 부딪친 지 불과 3합 만에 사적의 목이 날아갔다.

사적이 죽자 반장은 화가 머리끝까지 치밀었다.

"내가 상대해 주겠다!"

반장은 두 손으로 청룡언월도를 휘두르며 달려 나왔다. 관우를 사로잡았을 때 빼앗은 청룡도였다. 청룡도를 보자 황충은 피눈물을 흘렸다.

"내 반드시 네놈의 목을 베어 원수를 갚으리라!"

황충은 말에 박차를 가해 그대로 반장을 덮쳤다. 두 장수는 먼지를 자욱이 일으키며 30합을 치고받았다. 그러나 반장 역시 황충의 상대가 아니었다. 30합이 가까워질 무렵 반장은 재빨리 말머리를 돌려 달아났다.

"서라!"

황충은 앞뒤 생각 없이 반장의 뒤를 쫓았다. 반장은 관우를 사로잡아 죽게 만든 장수였다. 황충은 그를 사로잡아 관운장의 복수를 하고 싶었다.

그렇게 20리쯤 달렸을 때였다.

"늙은 황충은 목을 놓고 가라!"

호통 소리와 함께 계곡 좌우에서 오군이 쏟아져 나왔다.

'아뿔싸! 내가 너무 깊이 들어왔구나!'

황충은 그제야 황급히 말을 멈추었다. 그러나 이미 때가 늦은 뒤였다. 계곡 좌우에서 한당과 주태가 깃발을 휘날리며 다가왔다. 황충은 말에 채찍을 가하며 정면으로 내달렸다. 그러자 도망치던 반장이 어느새 방향을 틀어 황충을 가로막았다.
말머리를 급히 돌리자 이번에는 앞에서 마충이 달려왔다.

"이놈들!"

황충은 칼을 들어 닥치는 대로 오군을 내리쳤다. 죽기를 각
오한 몸이었기에 두려울 것이 없었다. 순식간에 수십 명의 오
군이 피를 흘리며 나뒹굴었다. 그 모양을 지켜보던 마충이 활
을 꺼내 살며시 황충을 겨누었다. 바람을 가르며 날아간 화살
은 뒤에서 황충의 어깨를 뚫었다.

"아악!"

황충은 기우뚱거리며 말에서 떨어졌다. 그러자 마충이 칼을
치켜들고 달려왔다. 마충의 칼이 막 황충의 목을 내리칠 무렵
이었다.

"칼을 멈추어라!"

산이 쩌렁쩌렁 울리며 한 떼의 군사가 나타났다. 그들은 황
충을 구하기 위해 달려온 관흥과 장포였다. 두 장수가 날카롭
게 대적하자 오군은 당하지 못하고 군사를 뒤로 물렸다.

장포와 관흥은 황충을 구해 급히 본진으로 돌아왔다.

"나 때문에 황 장군이 화살에 맞았구려. 모두가 내 잘못이오."

유비는 눈물을 흘리며 슬퍼했다. 의원이 달려와 몸에 박힌

화살을 제거했다. 그러나 피를 많이 흘린 탓에 황충은 의식이 가물가물했다.

"폐하……."

한참 뒤 황충은 의식을 되찾았다.

"말씀해 보시오……."

유비는 목이 메었다.

"폐하와 함께 나눈 세월은 제 인생에 있어 가장 행복한 시절이었습니다."

황충의 눈에 주르륵 눈물이 흘렀다.

"나 역시 장군이 있었기에 오늘날의 가업을 이룰 수 있었소."

유비는 차갑게 식고 있는 황충의 손을 잡았다.

"부디…… 어지러운 천하를 하나로 통일하시고 빼앗긴 한나라를 다시 일으켜 세우소서."

말을 마친 황충은 조용히 눈을 감았다.

"또 한 명의 충신이 죽었구나……."

유비는 하늘을 우러러보며 길게 탄식했다.

86. 처절한 복수

다음 날 유비는 군사를 휘몰아 오군과 마주 섰다. 한당과 주태도 산등성이에 진을 치고 촉군을 맞았다. 한당이 촉군을 내려다보며 소리쳤다.

"누가 나가서 유비의 목을 가려오랴?"

그러자 키가 큰 부장 하순이 앞으로 썩 나섰다.

"제가 한번 가 보겠습니다."

하순이 창을 직각으로 세운 채 유비를 향해 달려왔다. 그러자 유비 뒤에 섰던 장포가 소리도 없이 하순을 향해 마주 나갔다. 장포를 보자 하순은 자신도 모르게 주춤거렸다. 장포의 모습은 죽은 장비와 하나도 다를 게 없었다.

"덤벼라!"

장포가 고리눈을 번쩍이며 장팔사모를 휘둘렀다. 화들짝 놀란 하순은 몇 번 싸우지도 못하고 슬그머니 뒷걸음질을 쳤다. 그 모양을 보고 있던 오군 진지에서 한 장수가 뛰어나왔다. 그는 주태의 아우 주평이었다.

촉군 진지에서도 한 장수가 말을 달려 나왔다. 다름 아닌 관흥이었다. 네 장수는 한데 어우러져 한동안 치고받았다. 20합쯤 되었을 때 장포가 돌연 큰 소리로 포효했다. 동시에 하순이 큰 키를 꺾으며 땅으로 넘어졌다. 하순이 죽자 주평은 급히 말머리를 돌려 달아났다.

"어딜 가느냐?"

관흥이 번개처럼 내달려 주평을 막아섰다. 주평의 목이 붉은 무지개를 그리며 땅으로 떨어졌다. 장포와 관흥은 기세를 몰아 한당과 주태를 몰아쳤다. 그 뒤를 성난 촉군이 벌 떼처럼 밀고갔다.

"문을 닫아라!"

겁에 질린 한당과 주태는 진문을 굳게 닫아걸었다. 촉군은 불화살을 쏘아 진문을 모조리 불태웠다. 연기가 하늘을 덮은 가운데 촉군은 사방에서 방책을 뛰어넘었다.

"관우 장군님의 원수를 갚자!"

"장비 장군님의 원수도 갚자!"

촉군은 순식간에 오군 진영을 짓밟았다. 10만이나 되던 오군은 죽거나 뿔뿔이 흩어졌다. 넓은 들판은 죽어 넘어진 오군 시체로 넘쳤다. 피는 흘러 내를 이루며 장강으로 흘러갔다.

한당과 주태는 후퇴하는 군사들 틈에 섞여 겨우 목숨을 건졌다.

오의 맹장 감녕은 그때 후방에서 식량을 지원하고 있었다. 감녕은 백 명의 결사대로 조조군을 짓밟던 예전의 감녕이 아니었다. 늙은 데다 병까지 얻은 몸이었다. 감녕은 누가 쏜 것인지도 모르는 화살을 맞고 숨을 거두었다.

그 시각, 관흥은 아버지를 사로잡아 죽게 만든 반장을 쫓고 있었다.

관흥이 뒤를 쫓자 반장은 허둥거리며 깊은 산속으로 도망쳤다. 계곡에 이르러 관흥은 길을 잃고 말았다. 반장은 어디로 갔는지 보이지 않았다. 날이 어두워 한 치 앞도 분간하기 힘들었다. 다행히 관흥은 멀리서 비치는 작은 불빛을 발견했다. 불빛을 따라가니 초가집 한 채가 나왔다.

"도와주십시오."

관흥은 문을 두드려 주인을 불렀다.

"뉘신가?"

비쩍 마른 노인이 문을 열었다.

"나는 싸움터에 나온 촉나라 장수요. 중간에 길을 잃었으니 잠시 쉬어 가게 해 주시오."

노인은 두말없이 문을 열어 주었다.

"아니?"

방으로 들어가던 관흥은 깜짝 놀랐다. 방 안 벽에는 뜻밖에도 관운장의 얼굴이 그려져 있었다. 그림을 보자 관흥은 새삼 슬픔이 복받쳤다. 관흥은 그림을 향해 절을 올리고 슬피 울었다.

"왜 우는 거요?"

노인이 의아스런 얼굴로 물었다.

"이 어른은 저의 아버님이시오."

"그게 사실이오?"

노인은 놀란 얼굴로 급히 관흥에게 절을 올렸다.

"노인은 무슨 연유로 벽에 아버님 얼굴을 모시고 계시오?"

관흥이 눈물을 닦고 물었다.

"이 지방 사람들은 집집마다 관운장을 신으로 모시고 있습지요. 오늘 살아 계신 아드님을 만나게 되니 이는 하늘의 뜻인 것 같습니다."

"안 그래도 아버님을 죽인 원수를 쫓고 있었습니다. 날이 어두워지는 바람에 그만 길을 잃어 원수를 놓치고 말았습니다."

"그러시군요. 늠름한 기상이 생전의 관운장을 보는 것 같습니다."

노인은 술과 밥을 내어 관흥을 극진히 대접했다. 저녁을 먹고 나니 어느덧 자정이 되었다. 관흥이 피곤한 몸을 누이고 있을 때 불현듯 밖에서 인기척이 들렸다. 이윽고 누군가 거칠게 문을 두드렸다.

"누구시오?"

노인이 문틈으로 밖을 내다보며 물었다.

"나는 오군 장수 반장이라고 하오. 전투 중 적에게 쫓기다 길을 잃었소이다. 하룻밤만 쉬어 가게 해 주시오."

그는 뜻밖에도 지금까지 관흥이 쫓고 있던 적장 반장이었다. 반장 역시 산에서 길을 잃고 헤매다가 등불을 보고 노인의 초가를 찾아온 것이었다.

"들어오시구려."

관흥이 몸을 일으키자 노인은 태연하게 문을 열어 주었다.

"이놈 반장아, 내 칼을 받아라!"

반장이 방에 들어서는 순간 벼락 치듯 호통 소리가 들렸다. 반장은 놀란 눈으로 그를 바라보았다. 푸른 전포에 갑옷을 입고 황금빛 투구를 쓴 장수가 반장을 내려다보고 있었다. 얼굴은 잘 익은 대춧빛이요, 봉의 눈에, 턱에는 수염이 길게 드리워져 있었다.

"아악! 과, 관운……."

반장은 놀라 몸을 부들부들 떨었다. 그 순간 한 줄기 푸른 섬광이 반장의 목을 내리쳤다. 반장은 놀라 눈을 부릅뜬 채 목이 잘렸다. 관흥은 죽은 반장의 머리를 아버지 영전에 바치고 통곡했다.

밖으로 나와 보니 아버지가 쓰던 청룡도가 세워져 있었다. 관흥은 청룡도를 되찾고 반장의 머리를 말에 매달았다. 떠날 준비가 끝나자 관흥은 노인에게 인사할 생각으로 고개를 돌렸다.

"앗! 이럴 수가……."

그 순간 관흥은 자신의 눈을 의심했다. 방금 전까지 머물렀던 초가집이 흔적도 없이 사라지고 없었다. 노인의 모습도 어디로 갔는지 보이지 않았다.

'아, 아버님이 나를 도우신 게로군.'

초가집이 있었던 자리를 향해 관흥은 세 번 절을 올렸다.

관흥은 말을 끌고 조심스럽게 산길을 내려왔다. 다행히 달이 환하게 떠 길을 찾을 수 있었다.

촉군 진영으로 돌아온 관흥은 곧장 유비를 찾아갔다. 오나라 10만 대군을 크게 무찌른 촉군은 효정 땅에 진을 치고 있었다. 관흥은 그동안 있었던 일을 전하고 유비에게 반장의 머리를 바쳤다.

"아우의 혼령이 반장을 사로잡게 해 주었군."

유비는 관흥에게 큰 상을 내리고 노고를 위로했다.

한편 싸움에 패한 한당과 주태는 수십 리 밖에서 패잔병을 수습했다. 남은 군사 대부분은 부상병들이었다. 한당과 주태는 강을 건너가 물을 사이에 두고 진을 쳤다. 그런 뒤 손권에게 전령을 보내 지원을 요청했다.

그때 강변을 지키던 오군 장수는 마충이었다. 마충은 관우가 죽고 난 뒤 오나라에 항복한 미방과 부사인을 부장으로 거느리고 있었다.

밤이 되자 미방이 살며시 부사인을 찾아가 말했다.

"촉군의 기세가 하늘을 찌르니 두렵기 그지없소. 이번 기회에 마충의 목을 들고 가 항복하는 게 어떻겠소?"

"황숙께서 우리를 받아 주실지 모르겠소."

부사인이 말했다.

"우리는 촉을 배반한 게 아니라 어쩔 수 없이 항복한 몸이었소. 더구나 촉나라엔 나와 형제인 미축 형님이 계시오. 쉽게 우리를 죽이지 않을 것이오."

"좋소. 항복합시다."

새벽이 되자 두 사람은 잠든 마충을 찾아가 목을 베었다. 그런 다음 오군 막사를 빠져나와 효정으로 유비를 찾아갔다.

미방과 부사인은 마충의 목을 바치고 엎드려 용서를 빌었다.

"관우 장군이 죽어 어쩔 수 없이 항복한 몸이 되었습니다. 저희들의 죄를 씻기 위해 관운장을 죽인 마충의 목을 가지고 왔습니다. 부디 신들을 용서하여 주십시오."

그들을 보자 유비는 벌떡 자리를 차고 일어났다.

"진작 찾아와 죄를 빌지 않고 지금까지 무엇을 하였느냐? 나라가 위태로워지자 모시던 장수를 죽이고 목숨을 구한단 말이냐? 내가 너희들을 살려 주면 저승에 가서 무슨 낯으로 관운장을 본단 말이냐?"

유비는 관흥을 불러 영을 내렸다.

"막사 앞에 당장 아버님의 위패를 모셔라!"

관흥은 유비의 명에 따라 제단을 마련하고 관우의 위패를 모셨다. 유비는 반장과 마충의 머리를 제단에 바쳤다. 그런 다음 칼을 가져오게 하여 몸소 미방과 부사인의 목을 베었다.

"원수를 갚았으니 이제 운장도 편히 잠드시오."

유비는 관운장의 넋을 불러 위로했다.

한당과 주태가 패했다는 소식을 듣자 손권은 크게 당황했다. 그때 보질이라는 신하가 들어와 아뢰었다.

"유비가 군사를 일으킨 것은 관운장과 장비의 원한을 갚기 위해섭니다. 관운장의 원수들이 모두 죽었으니 이제 저들은 장비의 원수를 갚고자 할 것입니다. 장비를 죽인 장달과 범강의 목을 베어 유비에게 화친을 청하는 게 어떻겠습니까?"

달리 방법이 없었기에 손권은 그 말을 따랐다. 손권은 향나무로 상자를 만들어 죽은 장비의 머리를 담고 범강과 장달을 꽁꽁 묶어 유비가 있는 효정으로 보냈다.

소식을 들은 유비는 장포를 불러 명을 내렸다.

"속히 아버님의 위패를 모시거라!"

이윽고 손권이 보낸 사자가 도착했다.

유비는 조심스럽게 나무상자의 뚜껑을 열었다. 장비의 머리를 본 유비는 깜짝 놀랐다. 죽은 지 오래된 장비의 얼굴은 살아 있을 때와 조금도 변함이 없었다. 유비는 나무상자를 끌어안고 한동안 통곡했다.

꽁꽁 묶인 범강과 장달은 장포에게 넘겨졌다. 장포는 장팔사모를 높이 들어 범강과 장달의 머리를 한달음에 떨어뜨렸다. 유비는 죽은 장강과 범달을 장비의 영전에 바치고 맹세했다.

"이제 손권의 목을 치는 일만 남았노라! 내 반드시 저 장강을 건너가 건업을 빼앗고 천하를 하나로 합치리라."

87. 오나라의 반격

건업으로 돌아간 사자는 유비가 했던 말을 낱낱이 고해 바쳤다. 사자가 화친을 맺고 돌아오기만을 기다리던 손권은 발을 동동 굴렀다.

"오나라에 사람이 이렇게 없단 말인가?"

손권은 혀를 끌끌 차며 한탄했다. 그러자 늙은 장수 감택이 나서며 말했다.

"우리에겐 아직 희망이 남아 있습니다."

"그게 누구요?"

손권은 귀가 번쩍 뜨였다.

"주군께서는 어찌하여 육손을 잊고 계십니까?"

육손은 조조와의 싸움에서 여러 번 공을 세운 젊은 장수였다.

"내 어찌 육손을 모르겠소. 하지만 육손은 큰일을 맡기기엔 아직 나이가 어리고 벼슬도 낮지 않소?"

"육손은 주유와 노숙, 여몽을 잇는 오나라의 인재입니다. 그를 중하게 쓰십시오. 육손이라면 능히 촉군을 서쪽으로 몰아낼 수 있을 것입니다."

손권이 모처럼 얼굴을 활짝 폈다.

"그러고 보니 육손은 지금까지 한 번도 싸움에 진 적이 없구려. 그를 불러 모든 오군을 거느리게 하시오."

그러자 장소와 보질, 고옹 등의 신하가 이구동성으로 말렸다.

"육손은 아직 증명이 되지 않은 장수입니다. 좀 더 신중하십시오."

손권은 고개를 흔들었다.

"마음을 정했으니 경들은 물러가시오."

육손은 그때 강구를 수비하고 있었다. 손권은 전령을 보내 육손을 건업으로 불러들였다. 육손은 8척의 키에 풍모가 학처럼 의젓한 장수였다. 두 눈은 항상 지혜롭게 빛났으며 입이 무거워 말을 아낄 줄 알았고 술은 한 잔도 입에 대지 않았다.

육손이 절을 올리자 손권이 말했다.

"그대에게 모든 군사를 맡기리라. 지금 즉시 밀려드는 촉군을 무찌르고 나라를 구하라!"

육손은 머리를 조아리며 사양했다.

"우리 오국에는 저 말고도 뛰어난 장수가 많이 있습니다. 그들을 두고 어린 제가 감히 어떻게 나서겠습니까?"

손권은 옥좌에서 일어나 허리에 찬 보검을 끌렀다.

"마음을 정했으니 더는 사양하지 말게. 이 칼은 곧 나의 분신이니 대장군의 징표로 삼게."

손권이 그렇게 나오자 육손도 더는 사양할 수 없었다.

"신의 몸이 부서져 가루가 되는 한이 있어도 촉군을 멀리 쫓아내겠습니다."

육손은 서성과 정봉을 부장으로 삼고 유비가 있는 효정으로 나아갔다. 육손이 살펴보니 촉군의 기세는 예상보다 훨씬 강했다. 육손은 모든 군사를 움직여 근처에 있는 높은 바위산 위로 올라갔다. 그것을 본 다른 장수들이 육손을 시기하며 말했다.

"육손은 겁이 많은 장수구나. 한바탕 싸울 생각은 하지 않고 무얼 하는가?"

육손은 수백 명의 부장을 한자리에 모아 놓고 소리 높여 외쳤다.

"모든 싸움에는 나가야 할 때와 지켜야 할 때가 있다. 내게도 생각이 있으니 여러 장수들은 군령에 따라 맡은 바 임무를 완수하라! 이것은 곧 주군의 명령이다!"

육손은 손권에게서 받은 보검을 높이 치켜들었다.

그 무렵 촉군은 효정에서 천구에 걸쳐 진을 치고 있었다. 자그마치 7백 리나 되는 엄청난 길이였다. 진영의 수는 40개에 달했고 밤이면 모닥불이 밤하늘을 붉게 물들였다.

육손이 왔다는 소식을 듣자 유비는 전군에 공격 명령을 내렸다. 촉군은 들을 까맣게 뒤덮으며 오군 진지로 밀려들었다. 그것을 보자 육손은 더욱 엄하게 명령을 내렸다.

"진영을 굳게 지키며 누구든 내려가 싸우지 마라!"

그 말을 듣고 한당이 달려왔다.

"장군은 도대체 언제까지 지키기만 할 거요?"

육손이 빙그레 웃고 대답했다.

"촉군은 벌판에 있고 우리는 높은 바위산에 진을 치고 있소.

우리가 싸우지 않는 한 촉군도 어찌하지 못할 것이오. 우리가 군사를 내지 않으면 지친 촉군은 그늘을 찾아 산으로 들어갈 것이오. 그때가 바로 촉군을 공격할 기회요."

아무리 들어도 아리송한 말이었다.

유비는 유비대로 몸이 달았다. 오군이 일절 싸움에 나서지 않았기 때문이다. 오군은 험한 산 위에 진지를 만들고 내려오지 않았다. 욕설을 퍼부으며 싸움을 걸었지만 끄떡없었다.

때는 뜨거운 여름철이었다. 바람 한 점 없는 무더운 벌판에서 군사들은 지쳐 숨을 헉헉거렸다. 그에 비해 오군은 바위산에 굴을 파고 시원하게 더위를 피했다.

보다 못한 부장 풍습이 유비를 찾아왔다.

"날씨가 더워 싸우는 데 어려움이 많습니다. 대책을 세워 주십시오, 폐하."

생각에 잠겼던 유비가 대답했다.

"나도 그 생각을 하고 있었네. 숲이 있는 계곡으로 진을 옮기는 게 좋을 것 같군."

그러자 모사인 마량이 극구 반대하고 나섰다.

"오군이 움직이지 않는 것은 필시 계략이 있어서일 겁니다. 군사를 섣불리 이동하지 마십시오."

그러나 유비는 자신만만했다.

"그대는 어찌하여 육손 따위를 두려워하시오?"

유비는 전군에 명령을 내려 군사들을 숲으로 옮겼다. 더위가 가시고 가을이 오면 오군을 공격할 생각에서였다. 마침 근처에 숲이 우거진 산맥이 있었다. 시냇물이 흘러 군사들이 마실 물도 풍부했다. 촉군은 나무를 잘라 계곡 여기저기에 막사를 짓고 더위를 피했다.

그러나 마량은 불안한 마음을 감추지 못했다.

"아무래도 느낌이 좋지 않습니다. 우리가 막사를 세운 위치를 그림으로 그려 공명 승상에게 보이는 게 어떻겠습니까?"

유비는 버럭 화를 냈다.

"그대는 공명을 믿고 나는 믿지 못하겠다는 것인가?"

"그렇지 않습니다, 폐하. 이는 우리 70만 촉군의 생사가 달린 문제입니다. 굽어 살펴 주십시오."

마량으로서는 목숨을 내놓고 한 말이었다. 유비는 마량에게 촉군이 진을 친 산의 지형과 막사의 위치를 일일이 그리게 하여 서촉으로 떠나보냈다. 그 무렵 공명은 형주와 가까운 국경 부근을 순시하고 있었다.

마량은 말을 달려 공명을 찾아갔다.

"군사께서 여기는 웬일이시오?"

마량을 보자 공명은 일이 뭔가 잘못되었음을 깨달았다.

"우리 군사들이 벌판을 버리고 숲으로 들어가 진을 쳤습니다. 느낌이 좋지 않으니 속히 진영을 살펴 주십시오."

마량은 소매에서 때에 전 그림을 꺼내 펼쳤다.

"아얏!"

그림을 들여다보던 공명은 자신도 모르게 비명을 질렀다.

"무슨 일입니까, 승상!"

"누가 폐하께 이따위 진영을 세우자고 건의했단 말인가?"

공명은 그림을 내던지며 버럭 소리를 질렀다.

"폐하께서 직접 명령하신 일입니다."

마량은 얼굴이 하얗게 질렸다.

"아, 폐하의 운명도 이젠 끝장이구나……."

공명은 자신도 모르게 눈물을 주르륵 흘렸다.

"어찌 그런 불길한 말씀을 하십니까?"

"촉군은 육손의 계략에 걸려들었소. 생각해 보시오. 무더운 여름날 숲으로 들어가는 것은 곧 화약을 지고 불로 들어가는 것과 같소. 육손이 숲을 택하지 않고 방어하기에 유리한 바위산에 진을 친 이유는 바로 거기에 있소."

"그렇다면?"

"무더운 날씨로 인해 숲의 나무와 풀은 바싹 말라 있소. 때문에 날이 건조하고 뜨거울 때 숲에 진을 치는 것은 병법에서 꺼리는 일이오. 폐하가 어찌하여 그런 실수를 하셨는지 모를 일이오. 속히 돌아가 진영을 벌판으로 옮기라고 말씀드리시오. 시간을 끌게 되면 70만 촉군은 새카만 숯이 되고 말 것이오."

"만약, 이미 변이 발생했다면 어떻게 조치해야 합니까?"

공명은 길게 한숨을 내쉬었다.

"위나라 때문에 육손은 촉으로 군사를 내지 못할 것이오. 만약 싸움에 패한다면 폐하를 모시고 백제성으로 피하시오. 나는 지금 즉시 성도로 돌아가 구원군을 모집하겠소."

공명의 명을 받은 마량은 밤낮으로 말을 달렸다.

그 무렵, 육손은 부장들을 모아 놓고 명령을 내리고 있었다.

"드디어 한바탕 싸울 시간이 왔소이다. 모든 장수들은 명령에 따라 한 치의 오차도 없이 움직이시오. 공명이 없는 촉군은 이제 허수아비에 불과하오."

육손은 지도를 가리키며 다시 입을 열었다.

"주연 장군은 마른풀을 배에 가득 싣고 강가에서 기다리시오. 한당 장군은 군사들에게 마른풀과 유황을 짊어지게 한 뒤 촉군 북쪽으로 돌격하시오. 주태 장군은 역시 같은 방법으로 남쪽에다 불을 놓으시오."

그런 다음 육손은 계급이 낮은 부장들에게까지 일일이 임무를 내렸다. 모든 숲길과 물길을 틀어막고 촉군을 남김없이 불태우려는 어마어마한 계략이었다. 육손을 업신여기던 노장들은 육손의 치밀한 병법에 혀를 내둘렀다.

육손이 다짐하듯 말했다.

"공격 시점은 오늘밤 자정이오. 그 전에는 누구도 섣불리 싸움을 하지 마시오. 또한 결코 물러서지 마시오. 불에 타 죽는 한이 있어도 목숨을 걸고 끝까지 촉군을 섬멸하시오."

부장들은 일제히 고개를 숙인 뒤 각자의 진영으로 돌아갔다.

그 시각, 유비는 막사 밖으로 나와 생각에 잠겨 있었다. 그때 돌연 거센 바람이 불며 대장기가 탁 부러졌다.

'음, 불길하다……'

유비는 수염을 매만지며 걱정에 잠겼다. 심장이 뛰고 가슴이 답답해졌다. 공명에게 떠난 마량은 아직 돌아오지 않은 상태였다. 유비는 부장들에게 명을 내려 경계를 게을리 하지 말도록 당부했다.

아니나 다를까. 자정이 가까워졌을 무렵이었다.

"동쪽 막사에 불이 붙었습니다."

군사 하나가 헐레벌떡 달려와 보고했다. 뿐만 아니었다.

"서쪽 진영에 오군이 침입하여 불을 지르고 있습니다."

또다시 군사 하나가 달려와 보고했다.

"남쪽에도 불이 났습니다."

보고는 그 이후에도 계속되었다. 유비는 깜짝 놀라 높은 곳으로 올라가 보았다. 군사들의 말은 모두 사실이었다. 숲 전체가 불길에 휩싸여 있었다. 때마침 불어온 바람을 타고 불길은 거세게 번져 나갔다.

"이게 무슨 변고인가?"

유비는 급히 갑옷을 갖춰 입고 밖으로 뛰어나왔다.

"폐하, 어서 피하십시오. 사방에서 오군이 밀려오고 있습니다."

부장 하나가 말을 끌고 와서 재촉했다. 주변은 온통 시뻘건 불바다였다. 유비는 급히 말을 몰아 풍습이 진을 친 곳으로 달려갔다. 풍습의 진영 역시 큰 혼란에 빠져 있었다. 촉군은 자기들끼리 짓밟혀 죽고 다치는 군사가 헤아릴 수 없이 많았다. 불길을 피해 달아나면 어디선가 무수히 화살이 날아왔다.

"유비는 목을 놓고 가라!"

그때 불길 속에서 한 떼의 군마가 튀어나왔다. 유비는 흠칫 놀라 그쪽을 바라보았다. 앞에 선 장수는 오의 노장 정봉이었다. 오군은 유비를 둥글게 에워싸고 창칼을 겨누었다. 실로 위기의 순간이었다. 그 순간 함성이 일며 한 떼의 군사가 오군을 뒤에서 기습했다. 유비가 반가운 마음에 바라보니 앞에 선 장수는 다름 아닌 장포였다.

"아, 장포로구나."

유비는 죽었다 살아난 사람처럼 반가웠다. 장포는 유비를 구해 앞뒤로 호위한 채 필사적으로 길을 열었다. 오군은 굶주린 짐승처럼 장포에게 달려들었다. 그때마다 장팔사모가 뱀처럼 매섭게 독을 뿜었다.

숲을 벗어나 10리를 달리니 제법 날카로운 바위산이 눈에 들어왔다. 장포는 유비와 함께 산 위로 올라갔다. 어느덧 희미하게 날이 밝아 왔다. 산봉우리까지 올라간 유비는 통곡하며 산 아래를 내려다보았다. 시뻘건 불길이 땅과 하늘을 모두 태우고 있었다. 들판엔 죽어 넘어진 촉군 시체가 가득했다. 불을 피해 강으로 달려갔던 군사들 역시 그곳을 지키던 주연에 의해 모두 목숨을 잃었다. 시체는 어림잡아도 수십만 구나 되었다. 참으로 어처구니없는 패배였다.

유비는 군을 피해 산을 내려왔다. 그때 불길을 헤치고 한 장수가 달려왔다. 그는 다음 아닌 관흥이었다. 관흥이 엎드려 울며 아뢰었다.

"숙부님, 속히 백제성으로 몸을 피하십시오."

장포와 관흥은 길을 열며 유비를 백제성으로 안내했다. 그들이 강가에 다다랐을 때였다. 기다렸다는 듯 유비 일행을 가로막는 군사가 있었다. 그들은 바로 강을 지키던 주연의 오군이었다.

"이곳이 나의 무덤이구나."

유비는 눈물을 흘리며 탄식했다. 그 소리를 듣자 관흥과 장포는 속으로 피눈물을 흘렸다. 그들은 누가 먼저랄 것도 없이 말에 박차를 가하고 주연을 향해 달려갔다. 그때였다. 뒤쪽에서 홀연 함성이 일며 오군 대장 육손이 군사를 이끌고 달려왔다. 앞뒤로 적을 맞은 촉군은 싸울 기력을 잃고 뿔뿔이 흩어졌다. 살아남은 군사는 수십 명도 채 되지 않았다.

유비 일행이 육손에 의해 막 사로잡히려는 순간이었다. 함성이 어지럽게 일며 한 떼의 군사가 오군을 쓰러뜨리기 시작했다. 어찌된 일인지 그 많던 오나라 군사들은 손 한 번 쓰지 못하고 죽어 넘어졌다. 유비는 겨우 정신을 차리고 달려오는 군사들을 바라보았다. 뜻밖에도 그는 조자룡이었다.

"여기, 상산 조자룡이 왔다. 물러나라! 우리 주군께 손을 대는 자는 누구든 목을 벨 것이다."

조자룡이 무서운 기세로 창을 휘둘렀다. 천하에 아무도 당할 자가 없다는 창솜씨였다.

"너는 어디서 나타난 쥐새끼냐?"

그때 감히 겁도 없이 조자룡을 막아서는 자가 있었다. 그는 조자룡을 한 번도 본 적이 없는 오군 장수 주연이었다. 주연은 공을 세울 욕심으로 무작정 조자룡을 향해 창을 뻗었다. 그러나 어찌 주연 따위가 조자룡의 상대가 될 수 있겠는가. 주연이 창을 번쩍 치켜든 순간 조자룡은 이미 그의 목과 배를 차례로 찌르고 저만치 멀어진 뒤였다. 주연은 자신이 왜 죽는지도 모르고 그대로 눈을 감았다.

주연이 맥없이 죽자 육손은 간담이 서늘해졌다.

"조조의 백만 대군을 휘저었다는 장수다."

육손은 급히 후퇴 명령을 내리고 물러갔다.

"폐하, 여기 자룡이 왔습니다."

조자룡은 말에서 뛰어내려 통곡했다.

"자룡이 못난 나를 구했구려."

유비는 통곡하며 조자룡을 어루만졌다.

조자룡은 싸움에 나가지 않고 후군이 되어 식량과 마초를 운반하고 있었다. 그러다가 숲에 불길이 이는 것을 보고 급히 달려오는 중이었다.

조자룡은 장포, 관흥와 더불어 유비를 호위하고 백제성으로 말을 재촉했다. 유비를 뒤따르는 군사는 채 백 명도 되지 않았다.

88. 공명의 계략과 물러가는 육손

유비가 백제성으로 몸을 피한 뒤에도 싸움은 계속됐다. 촉군 장수들은 목숨을 바쳐 밀려드는 적을 막았다.

장수 부동은 유비를 뒤쫓다가 오군에게 포위되고 말았다. 오군 장수 정봉이 소리쳤다.

"유비는 도망가고 서촉의 군사는 남김없이 흩어졌다. 썩 항복하여 목숨을 구하라!"

부동은 항복은커녕 오히려 정봉을 꾸짖었다.

"나는 촉한의 장수다. 동오의 개들에게 항복할 수 없다!"

부동은 창을 휘두르며 오군 속으로 뛰어들었다. 닥치는 대로 창을 휘두르니 순식간에 10여 명의 오군이 비명을 지르며 쓰러졌다. 그러나 오래지 않아 부동도 창칼에 찔려 피를 토하고 죽었다.

부장 정기도 오군 속에 포위되었다. 부하들이 정기에게 달려와 보고했다.

"사방에 적입니다. 어서 달아나십시오."

그러자 정기는 화를 벌컥 냈다.

"나는 지금까지 싸움에 나가 단 한 번도 물러난 적이 없다!"

정기는 팔 힘이 다할 때까지 칼을 휘둘렀다. 마침내 적에게 포위되자 스스로 목을 찔러 자결했다.

이릉성 근처에 있던 장남과 풍습도 오의 지원군을 만나 싸우다가 장렬히 전사했다. 멀리 남만으로부터 구원병을 이끌고 왔던 만왕 사마가도 군사를 모두 잃고 주태에게 목숨을 잃었다.

하룻밤 사이에 많은 장수와 군사가 죽고 다친 엄청난 패배였다. 70만 대군의 절반이 목숨을 잃었다. 살아남은 군사는 태반이 부상을 입거나 오군에 항복했다. 죽은 부장과 장수만도 수백 명이 넘었다.

"이제 유비만 남았다. 백제성을 포위하고 유비를 사로잡아라!"

육손은 강을 타고 서쪽 백제성 방향으로 진격했다. 이번에야말로 유비를 죽여 후환을 없앨 작정이었다. 가는 길에 촉군은 보이지 않았다. 육손이 이끄는 오군은 아무런 저항도 받지 않고 촉나라 경계선까지 진격했다.

마침내 그들은 어북포까지 이르렀다. 어북포는 강가에 위치한 작은 나루터였다.

"진격을 멈추어라!"

육손이 보검을 꺼내 전군에 명령을 내렸다.

"무슨 일입니까? 어북포만 건너가면 바로 촉나라 땅입니다."

부장들이 육손을 쳐다보며 물었다.

"저 앞에 촉의 매복군이 있다. 그냥 강을 건너다간 적의 기습을 받게 될 것이다."

육손은 채찍으로 건너편을 가리켰다. 산자락을 끼고 강물이 유유히 흘러갔다. 그런데 강물 주변으로 매서운 살기가 감돌았다. 앞을 세심하게 살피던 육손은 군령을 내려 군사를 10리 뒤로 물렸다.

"적군이 어디에 숨어 있는지 알아보고 와라!"

육손은 수색군을 보내 강변을 살피게 했다. 얼마 뒤 수색 나간 군사들이 돌아와 보고했다.

"적은 한 명도 보이지 않습니다."

"음, 그럴 리가 없을 텐데."

육손은 어북포가 한눈에 내려다보이는 언덕으로 올라갔다. 강변엔 여전히 알 수 없는 살기가 가득했다. 육손은 다시 수색조를 편성했다.

"틀림없이 적이 있을 것이다. 자세히 살피고 오라!"

그러나 군사들은 약속이나 한 듯 똑같은 소리를 했다.

"적은커녕 개미새끼 한 마리 없었습니다."

육손은 매우 신중한 장수였다.

"못난 놈들! 내가 직접 나가서 살펴보겠다."

육손은 날랜 군사 몇 명을 이끌고 몸소 어북포로 달려갔다. 군사들의 말은 모두 사실이었다. 촉군은 그림자도 보이지 않고 바람만 괴괴하게 불어왔다.

"이상한 일이로다⋯⋯."

육손은 포구 주변을 이곳저곳 살폈다. 그때 육손의 눈에 어지럽게 쌓여진 돌무더기가 들어왔다. 돌무더기는 포구 주변 언덕을 따라 여기저기 흩어져 있었다. 어림잡아 백여 개나 되는 숫자였다.

"살기가 서린 곳은 바로 저기다! 그런데 누가 저곳에 돌무더기를 쌓아 두었을까?"

그때 마침 어부 하나가 작은 배를 타고 지나갔다. 육손은 군사를 시켜 그 어부를 데려오게 했다. 어부가 돌무더기를 가리키며 말했다.

"저건 제갈공명이 서측으로 가는 길에 쌓아 놓은 것입니다. 돌을 주워다가 며칠 만에 완성한 것인데 항상 이상한 기운이 뿜어져 나오곤 했습니다."

그 말을 듣자 육손은 껄껄 웃음을 터뜨렸다.

"하하, 공명이 나를 속이려고 이런 짓을 했구나."

육손은 군사 몇을 이끌고 돌무더기가 시작되는 곳으로 다가갔다. 자세히 살펴보니 여러 곳으로 미로처럼 길이 뚫려 있었다.

"이따위 돌멩이들로 나를 막으려 하다니."

육손은 칼을 빼 들고 돌무더기 안으로 들어갔다. 그 순간 돌들이 소리를 내며 무너졌다. 들어왔던 입구가 막혀 버린 것이었다. 때마침 한 줄기 광풍이 돌무더기로 몰아쳤다. 구름이 피어오르는가 싶더니 날이 어두워졌다.

육손이 겁에 질린 군사들에게 소리쳤다.

"두려워 말라. 이건 공명의 요사스런 장난일 뿐이다."

육손은 문을 찾아 앞으로 나아갔다. 그런데 아무리 헤매도 출입문은 보이지 않았다.

"앗! 내가 공명의 계략에 걸려들었구나."

육손은 그제야 정신이 번쩍 들었다. 모래 바람이 불어 눈을 제대로 뜰 수 없었다. 몇 남지 않았던 군사들은 여기저기 돌무더기 속으로 흩어졌다. 육손은 길 찾는 것을 포기하고 한쪽에 주저앉았다.

'공명은 내가 이곳을 지날 줄 미리 알고 있었던 것이다. 아, 내가 신출귀몰한 공명을 무슨 수로 이길 수 있단 말인가!'

육손은 나직이 탄식했다. 그때 홀연 앞에서 한 노인이 걸어오는 게 보였다. 노인이 빙그레 웃으며 물었다.

"이 돌무더기를 나가고 싶은가?"

육손은 노인에게 절을 올리고 대답했다.

"길을 아시면 가르쳐 주십시오."

노인은 고개를 끄덕이고 앞장서 걸어갔다. 그때 더욱 놀라운 일이 벌어졌다. 출입문은 육손이 등을 기대고 있던 바로 뒤쪽에 있었다.

'내가 지금껏 제자리를 뱅뱅 돌았군. 도대체 이 돌무더기가

무엇인가?

　노인은 육손의 생각을 알고 있기라도 한 듯 입을 열었다.

　"이것은 평범한 돌무더기가 아니라 팔진도라는 것이네. 돌무더기 안에는 여덟 개의 문이 있는데 바람이 불 때마다 여덟 문이 번갈아 변화를 일으키도록 돼 있지. 때문에 이곳에 들어간 사람은 누구도 살아 나올 수 없게 돼 있네. 10만 군사가 강변에 매복한 것과 같은 효과를 거둘 수 있는 진이지."

　"그렇다면 노인장은 누구십니까? 어찌하여 저를 구해 주셨습니까?"

　"나는 제갈공명의 장인 되는 황승언이라는 사람일세. 전에 공명과 함께 직접 이 돌무더기를 쌓았지. 때문에 나오는 길도 알고 있었던 것이고."

　"그렇다면 어찌하여 적국 장수를 구해 주셨습니까?"

　"세상에서 가장 중요한 것은 사람의 생명이네. 젊은 장수 하나가 눈앞에서 죽어 가는 걸 차마 모른 척할 수 없었네."

　그 순간 육손은 커다란 깨달음을 얻었다.

　"생명을 소중히 생각하는 노인의 말씀, 깊이 새기겠습니다."

　육손은 다시 한 번 노인에게 절을 올렸다.

　"그런데 한 가지 이상한 일이 있군요?"

절을 마친 육손이 노인에게 물었다.

"말해 보게."

"공명은 몇 해 전에 이미 오늘 일을 예상하고 진을 설치했습니다. 그렇다면 서촉이 싸움에 진다는 것도 알고 있었을 것 아닙니까? 그런데 어찌하여 공명은 싸움에 나서지 않았습니까?"

노인이 입가에 미소를 띠고 대답했다.

"세상에는 하늘의 뜻을 거슬러서는 안 되는 일들이 존재하네. 서촉 황제가 군사를 일으켜 아우들의 복수를 하고자 했을 때 공명이 말리지 못한 이유는 거기에 있을 것이네. 즉, 이번 싸움은 촉군이 원래부터 패할 수밖에 없는 전투였지. 그래서 공명은 싸움을 말렸던 것이고……."

"공명은 모든 일을 미리 다 알 수 있는 인물입니까?"

"그렇진 않네. 하찮은 인간이 어찌 하늘의 뜻을 다 알 수 있단 말인가?"

육손이 마지막으로 물었다.

"지금 촉한 황제 유비는 백제성에 갇혀 있습니다. 제가 군사를 이끌고 달려가 유비를 사로잡는다면 앞으로 어떻게 되겠습니까?"

노인이 한숨을 쉬며 대답했다.

"내게 이곳에서 자네를 구하게 한 하늘의 이치를 잘 생각하게."

말을 마친 노인은 성큼성큼 어둠 속으로 사라졌다.

육손은 무엇에 홀린 듯 한참 만에 정신을 차렸다. 자기 진영으로 돌아온 육손은 부장들을 불러 놓고 명령했다.

"고향으로 돌아간다. 군사를 돌려라!"

부장들이 못마땅한 얼굴로 물었다.

"강을 건너가면 곧장 백제성입니다. 무슨 이유로 군사를 물린단 말입니까?"

"모든 싸움에는 나아가야 할 때와 물러나야 할 때가 있다. 그것이 하늘의 이치를 좇는 일이다. 따라서 이번 싸움은 여기까지다."

육손은 군사를 거두고 오나라로 돌아갔다.

89. 숨을 거두는 유비

한편, 공명과 헤어졌던 마량은 밤낮없이 효정으로 말을 달렸다. 그러나 이미 전쟁이 끝난 뒤였다. 효정 들판엔 죽어 넘어진 촉군 시체만이 가득했다. 까마귀 떼가 어지럽게 시체들을 쪼아 먹었다.

"아아, 공명의 말이 사실이었구나."

마량은 땅을 치며 통곡했다. 다행히 부상당한 촉군 하나를 만나 유비가 간 방향을 알 수 있었다. 마량은 부상병을 말에 태우고 백제성으로 달려갔다.

마량을 보자 유비는 비통함을 참지 못하고 통곡했다. 마량은 엎드려 절을 올린 뒤 공명이 했던 말을 자세히 전했다. 유비는 탄식했다.

"짐이 진작 승상의 말을 들었더라면 오늘 같은 패배는 없었을 것이다. 이제 무슨 낯으로 성도로 돌아간단 말이냐."

"고정하십시오, 폐하."

마량의 눈에도 눈물이 고였다.

"아니다. 이대로는 도저히 백성들을 대할 면목이 없다."

유비는 성도로 돌아가길 포기하고 백제성에 머물렀다. 조자룡은 패잔병들을 수습하여 성을 굳게 지키며 오군의 침략에 대비했다.

패잔병들이 몰려들자 차츰 싸움의 전말이 드러났다. 육손이 어북포에서 공명의 계략으로 군사를 되돌린 것은 무엇보다 다행스러운 소식이었다. 더러는 오군에 항복한 부장들도 있었다. 군량과 마초를 지키던 두루와 유녕이 그들이었다. 그들의 항복으로 많은 식량과 마초가 오나라로 넘어갔다. 참모로 참전했던 황권은 오군에게 항복할 수 없다며 위나라로 들어갔다.

무엇보다 유비를 슬프게 했던 것은 뒤에 남은 장수들 소식이었다. 장남과 풍습, 부동, 정기, 사마가 등이 용감하게 싸우다 죽었다는 소식이 전해졌다. 유비는 음식을 끊고 슬픔에 잠겼다.

시간이 지날수록 유비는 초췌해졌다. 그러던 어느 날 유비는 기력을 잃고 휘청거리며 쓰러졌다. 신하들이 재빨리 유비를 침상으로 모셨다.

"짐에겐 아무런 희망도 없구나."

유비는 가늘게 탄식했다. 두 아우가 연이어 죽은 이후 유비는 부쩍 늙어 버렸다. 나이 때문인지 쉽게 기력을 회복하지 못했다. 아무리 약을 써도 유비는 일어나지 못했다. 장무 3년 4월, 촉한을 세운 지 불과 3년이 지난 시점이었다.

병은 갈수록 깊어 갔다. 병이 들자 유비는 연일 관우와 장비를 찾았다. 하루도 거르지 않고 눈물을 흘리니 대신들 또한 울지 않는 이가 없었다.

그러던 어느 날 밤이었다. 한 줄기 바람이 불어와 촛불을 흔들었다. 유비는 이상한 생각이 들어 퍼뜩 정신을 차렸다. 촛불 아래 안개가 자욱이 솟아나고 있었다.

"음, 괴이한 일이로다……"

유비는 몸을 일으키려고 등에 힘을 주었다. 그러나 몸이 마음대로 움직이지 않았다.

"형님……."

그때 어디선가 낯익은 목소리가 들렸다. 유비는 안개 속을 자세히 살펴보았다. 뜻밖에도 그곳엔 그토록 보고 싶어 했던 두 아우가 서 있었다.

"오, 두 아우가 아직 살아 있었구나."

유비가 반가운 마음에 외쳤다. 그러자 관우가 눈물을 흘리며 유비에게 말했다.

"저희는 이미 죽은 몸입니다, 형님."

"믿을 수 없구나. 그런데 왜 나를 찾아왔느냐?"

"하늘에 계신 옥황상제께서 저희들이 평생 우정을 소중히 생각한 점을 높이 여기시어 신령으로 삼으셨습니다. 이제 형님을 모시고 우리가 한자리에 모일 날이 얼마 남지 않은 듯합니다."

말을 마친 관우와 장비는 그 자리에 엎드려 절을 올렸다.

"나를 두고 어딜 가느냐? 아우야, 아우야……."

유비는 손을 휘저으며 서럽게 울었다. 밖에 있던 신하들이 급히 뛰어들어 와 유비를 진정시켰다. 유비는 식은땀을 흘리며 생각했다.

'아우들이 나를 데리러 왔던 모양이군. 그렇다면 준비를 해야겠다.'

다음 날 유비는 성도로 전령을 보내 공명을 오게 했다.

아무래도 내 생명이 다한 것 같소
승상은 지금 즉시 백제성으로 달려와 주시오
시간이 없으니 속히 서둘러 주시오

급보를 받은 공명은 상서령 이엄과 함께 출발 준비를 서둘렀다. 첫째 태자 유선을 성도에 남겨 놓고 둘째 아들인 유영과 셋째인 유리를 수레에 태웠다. 공명은 밤낮을 가리지 않고 수레를 몰게 해 백제성에 이르렀다.

"승상은 가까이 다가오시오."

공명을 보자 유비가 슬픈 눈으로 말했다.

"폐하……."

공명이 유비 곁으로 다가가 고개를 숙였다.

"그동안 승상이 있었기에 대업을 이룰 수 있었소."

유비는 공명의 어깨를 어루만지며 말을 이었다.

"그러나 짐이 어리석어 마지막에 큰 실수를 하고 말았소. 이제 와 후회한들 무슨 소용이 있으리오. 모두가 다 짐이 부덕한 때문이오. 이제 살 날이 얼마 남지 않은 듯하니 승상에게 앞으로의 일을 부탁하고 싶소."

어느새 굵은 눈물이 볼을 타고 흘러내렸다. 공명이 소매로 눈물을 훔치고 대답했다.

"당치 않은 말씀입니다. 폐하께선 어서 몸을 일으키시어 백성을 돌보소서."

그때 갑자기 유비가 뜻밖의 말을 꺼냈다.

"승상은 마속이라는 젊은이를 어떻게 생각하시오?"

마속은 바로 모사 마량의 아우였다.

"그는 형 마량과 더불어 뛰어난 인재이지요."

그러자 유비는 천천히 고개를 저었다.

"그렇지 않소. 마속에게는 결코 큰일을 맡겨서는 안 되오. 승상은 이 점을 각별히 명심하시오."

유비는 몇 번이나 신신당부했다.

공명은 유비가 왜 그런 말을 하는지 알 수 없었다.

"이제 마지막 유언을 하고 싶소. 백제성에 머물고 있는 모든 대신들을 불러들이시오."

밖에서 대기하던 신하들이 모두 방으로 들어왔다. 신하들이 보는 앞에서 유비는 한 장의 유서를 작성했다.

"이 유서를 내가 죽은 뒤에 태자에게 전해 주시오."

유비는 숨을 몰아쉬며 말을 이었다.

"황건적을 토벌하고자 군사를 일으킨 이후 벌써 수십 년 세월이 흘렀소. 마지막 힘을 다해 쓰러져 가는 한나라를 일으켜 세우고자 했으나 이제 헤어져야 할 때가 된 것 같소."

"폐하……."

늘어선 문무백관들이 일제히 울음을 터뜨렸다.

"짐은 이제 죽을 목숨이오. 다행스럽게도 아직 여러분 곁에는 승상이 남아 있소. 승상은 조비나 손권 따위와 비교할 수 없는 위대한 인물이오. 여러 대신들이 한마음으로 믿고 따른다면 반드시 나라를 안정시키고 천하 통일의 대업을 이룰 수 있을 것이오. 그러나……."

유비는 말을 멈추고 가늘게 숨을 몰아쉬었다.

"승상에 비해 내 아들 유선은 나이도 어리고 세상을 보는 눈이 밝지 않소. 태자 유선을 제위에 올려 나라를 이끌게 하되 만약 재능이 부족하다면 제위를 폐하고 승상으로 하여금 황제의 자리에 오르게 하시오."

그 말을 듣고 난 신하들은 모두 한결같이 놀랐다. 유비가 자

신의 아들 대신 공명에게 황제 자리를 물려주려 했기 때문이다. 공명이 울면서 대답했다.

"폐하, 신이 어찌 신하 된 도리로 황제의 자리를 탐하겠습니까? 목숨이 다하는 그날까지 태자를 받들겠습니다."

유비는 공명을 더욱 가까이 앉게 하고 두 아들을 불렀다.

"너희 형제 셋은 이 시간 이후 승상을 아버지 섬기듯하라. 그 섬기는 마음에 조금이라도 흠이 있어서는 안 된다."

"예, 아버님."

그때 한쪽에서 울고 있는 조자룡이 유비의 눈에 띄었다. 유비는 조자룡을 가까이 부른 뒤 손을 어루만지며 당부했다.

"비록 형제의 연을 맺지는 못했으나 그대는 관우, 장비, 두 아우와 더불어 내게는 형제 같은 존재였소. 오랜 세월 전쟁터를 누비며 함께 보낸 세월을 생각해서라도 마지막 목숨을 다해 나라를 돌보시오. 자룡이 있었기에 오늘날 우리 서촉이 이만큼 성장할 수 있었소. 자룡을 알게 된 건 내 평생의 가장 큰 복 가운데 하나였소."

조자룡은 말없이 어깨만 들먹였다.

유비는 남은 신하들을 돌아보며 마지막 당부를 잊지 않았다.

"일일이 다 공을 말할 수 없지만 그대들은 모두 내게 금은과

같이 귀한 존재였소. 부디 승상을 도와 한나라 4백 년 가업을 이어 가시오."

"폐하……."

신하들이 모두 땅에 엎드려 머리를 조아렸다.

"아, 이제 모든 게 끝났구나……."

한마디 짧게 내뱉은 뒤 유비는 숨을 거두었다. 유비의 나이 예순셋. 장무 3년 여름의 일이었다.

유비가 세상을 떠나자 서촉은 온통 울음바다가 되었다. 공명은 모든 관원들을 거느리고 성도로 돌아왔다. 태자 유선이 성문 밖으로 나와 유비의 영구를 맞이했다.

공명은 유선을 중심으로 장례식 준비에 들어갔다. 장례 행렬이 성도를 빠져나가는 날, 하늘에선 가늘게 비가 날렸다. 백성들은 음식을 입에 대지 않은 채 거리로 쏟아져 나와 통곡했다. 죽은 유비는 성문 밖 혜릉에 모셔졌다.

장례식이 끝난 뒤 공명이 대신들을 모아 놓고 말했다.

"나라에는 하루라도 임금이 없어서는 안 됩니다. 태자로 하여금 속히 황제의 자리에 오르도록 하십시오."

며칠 뒤 제위식이 거행되었다. 황후는 죽은 장비의 딸로 정해졌다. 유비에 이어 촉한의 황제가 된 태자 유선은 그때 열일

곱 살이었다. 황제가 된 유선은 연호를 건흥으로 고치고 아버지 유비에게 소열황제라는 시호를 바쳤다. 또 황후 오씨를 황태후에 봉하고 죽은 유비의 두 부인에게도 각각 황후의 시호를 내렸다.

오나라와 싸우다 죽은 장수와 군사들에게 후한 상을 내리고 신하들의 벼슬을 높였다. 사면령을 내려 옥에 갇힌 죄수들을 풀어 주고 창고를 열어 가난한 백성들에게 쌀과 비단을 골고루 나누어 주었다.

90. 사마의와 5로 전법

유비가 죽었다는 소식은 강을 건너고 산을 지나 위나라로 전해졌다. 위왕 조비는 그 소식을 듣자 몹시 기뻐했다.

"관우와 장비가 죽고 이제 유비까지 죽었군. 이번 기회에 군사를 몰고 나가 서촉을 쓸어버려야겠다."

조비는 장수들을 불러 놓고 군사를 일으키라고 명령했다. 그러자 가후가 달려와 아뢰었다.

"유비가 죽었지만 촉 땅엔 아직 제갈공명이 남아 있습니다.

설불리 군사를 일으켰다간 오히려 크게 상할 것입니다."

"음……."

가후는 조조가 신뢰하던 충성스러운 신하였다. 조비가 망설이며 결정을 내리지 못하자 다른 대신 하나가 목소리를 높이며 앞으로 썩 나섰다.

"촉을 칠 절호의 기회가 왔는데 무엇을 망설인단 말입니까? 오와의 싸움에 많은 군사를 잃어 촉나라엔 군사가 많지 않습니다. 지금 촉을 평정하지 못하면 영영 촉을 치지 못할 것입니다."

사람들은 놀란 눈으로 그를 바라보았다. 그는 바로 주부 벼슬에 있는 젊은 사마의였다. 사마의는 조조를 모실 때부터 촉을 치자고 주장해 온 대신 가운데 하나였다.

"그래, 무슨 좋은 방법이라도 있소?"

조비가 기쁜 얼굴로 물었다. 사마의가 서슴없이 대답했다.

"우리 중원의 군사로는 공명을 당할 재간이 없습니다. 대륙의 모든 땅이 연합하여 촉을 멸망시켜야 합니다. 다섯 갈래로 군사를 일으켜 적을 몰아치면 천하의 공명도 어찌하지 못할 것입니다."

"다섯 갈래라니? 어디를 두고 하는 말씀이오?"

조비가 눈을 가늘게 뜨고 물었다.

"우리 북쪽 변방 땅에는 선비라는 오랑캐가 살고 있습니다. 그들에게 사신을 보내 황금과 비단을 주고 군사 10만을 요청하십시오. 그들로 하여금 물길을 따라 서평관을 치게 하니 이것이 곧 1로군입니다."

"나머지 네 군데도 말씀해 보시오."

"서촉 남쪽에는 남만이라는 오랑캐 나라가 있는데 맹획이라는 자가 다스리고 있습니다. 역시 사신을 보내 황금과 비단을 내리고 군사 10만을 청하십시오. 그들로 하여금 서촉의 남쪽을 치게 하십시오. 이것이 곧 2로군입니다. 그런 다음 이번에는 사신을 오나라로 보내 손권에게 서촉의 부성을 빼앗으라고 하십시오. 손권이 강을 따라 서촉을 친다면 이것이 곧 3로군입니다. 4로군은 우리에게 항복한 바 있는 서촉 장수 맹달을 이용하여 편성하십시오. 즉, 상용을 지키고 있는 맹달로 하여금 군사 10만을 일으켜 서쪽으로 진격하게 하는 것입니다. 나머지 5로군은 우리 위국 군사들입니다. 대장군 조진에게 정병 10만을 주고 서촉의 양평관을 빼앗게 하십시오. 이처럼 다섯 길로 50만 대군이 나아가면 천하의 제갈공명도 죽음을 면키 어려울 것입니다."

다 듣고 난 조비가 고개를 저었다.

"다른 곳은 모르겠으나 손권이 우리 말을 들을 리 없지 않은가?"

사마의의 얼굴에 미소가 번졌다.

"가장 설득하기 쉬운 곳이 오나랍니다. 오나라 장수 육손은 유비를 쫓다가 공명의 계략에 걸려 군사를 물린 바 있지요. 그만큼 그들은 공명을 두려워하고 있습니다. 이번 기회에 서촉을 차지한 뒤 반으로 나누자고 하십시오."

조비는 크게 기뻐하며 연신 고개를 끄덕였다.

"하마터면 하늘이 내린 기회를 놓칠 뻔했구나."

조비는 말 잘 하는 사신을 뽑아 각각의 나라로 내보냈다.

한편, 그 무렵 공명은 바쁜 세월을 보내고 있었다. 황제의 나이가 어려 나라의 크고 작은 일을 모두 공명이 맡아 처리했다. 군사를 크게 일으켰던 뒤라 처리할 일이 산더미처럼 쌓여 있었다.

그때 성도로 급한 전갈이 속속 날아들었다.

"위나라가 다섯 길로 군사를 일으켜 공격해 오고 있습니다."

깜짝 놀란 공명은 사람을 풀어 좀 더 자세한 소식을 알아보게 했다. 조비가 군사를 내어 쳐들어올 줄은 공명도 미처 예측

하지 못한 상태였다.

염탐 나갔던 부장이 달려와 보고했다.

"위나라 대장군 조진이 10만 군사를 이끌고 곧장 양평관으로 향하고 있답니다. 또한 위나라에 투항한 맹달의 군사로 한중을 공격하고 있습니다. 부성으로는 10만 오나라 군사들이 진격 중이며 남만 왕 맹획과 북쪽 오랑캐인 번왕 가비능이 각각 10만 대군을 이끌고 쳐들어오는 중입니다."

천하의 공명도 그 말을 듣자 얼굴이 사색이 되었다.

"우리에게 싸울 군사가 남아 있지 않으니 큰일이로군."

공명은 침통한 얼굴을 하고 집으로 돌아갔다.

소식을 전해 들은 유선 또한 얼굴이 파랗게 질렸다. 황제 자리에 오른 지 불과 몇 달 만에 큰일을 당했기 때문이다.

"승상은 어디 가셨소?"

유선은 발을 동동 구르며 공명을 찾았다. 공명이 집으로 돌아갔다는 얘기를 듣자 유선은 사람을 보내 공명을 오게 했다. 저녁이 되자 떠났던 대신이 홀로 돌아와 보고했다.

"승상께서는 집으로 돌아오신 이후 종적을 감추셨답니다."

그 말을 듣자 유선은 크게 놀랐다.

"아니, 나라에 큰일이 생겼는데 어디로 갔단 말인가?"

다음 날도 공명은 궁궐에 들지 않았다. 그 다음 날도 마찬가지였다. 사흘째 되던 날 유선은 몸소 가마를 타고 공명의 집을 찾아갔다.

황제를 보자 문지기는 깜짝 놀라 땅에 엎드렸다.

"승상은 어디 있는가?"

"황공하오나 저희도 승상의 거처를 알지 못합니다."

그 말을 듣고 유선은 가마에서 내려 공명의 집 안으로 들어섰다.

'나라의 운명이 바람 앞의 촛불처럼 타고 있는데 이토록 중요한 시기에 승상은 어디로 사라졌단 말인가.'

유선은 후원을 거닐며 길게 탄식했다. 걸음을 옮기다 보니 어느새 후원 안쪽으로 깊이 들어온 상태였다. 그때 유선의 눈에 낯익은 한 사람이 띄었다.

"가만, 저건 승상이 아닌가?"

나무가 우거진 건너편 숲에 언뜻 공명의 모습이 어른거렸다. 유선은 급히 그쪽으로 뛰어갔다. 길이 끊어진 곳에 작은 연못이 하나 있었다. 공명은 등을 보인 채 그곳에 앉아 물을 들여다보고 있었다.

"승상은 이곳에서 무엇을 하시오?"

유선이 등 뒤로 다가서며 물었다.

"아니, 폐하께서……."

공명은 소스라치게 놀라며 급히 머리를 숙였다.

"폐하께서 이 외진 곳에 어인 일이십니까?"

"승상은 몰라서 묻는 겁니까? 지금 위나라 조비가 일으킨 50만 대군이 다섯 길로 성도를 침략해 오고 있습니다. 승상부에도 들지 않고 사흘 동안 이 숲에 틀어박혀 무엇을 하고 계셨습니까?"

공명이 황망히 대답했다.

"신은 안 그래도 그 문제를 생각하고 있었습니다. 그런데 벌써 사흘이 지났다니……."

공명은 시간이 가는 줄도 모른 채 생각에 잠겨 있었던 것이다.

"그나저나 이 일을 어찌하면 좋겠소?"

그러자 공명이 활짝 웃으며 대답했다.

"폐하께선 너무 걱정하지 마십시오. 신이 방금 막 묘책을 떠올렸습니다."

"오, 그게 사실이오?"

황제 유선이 그제야 찡그렸던 얼굴을 폈다.

"가비능이 이끄는 오랑캐 군대는 마초로 하여금 막게 하십시오. 마초는 원래 서량 사람으로 대대로 그곳에 살았기 때문에 오랑캐와 매우 친하니 능히 저들을 달래 보낼 수 있을 것입니다. 맹획이 이끄는 군사는 위연으로 하여금 막게 하십시오. 남만 군사는 용맹하나 의심이 많고 지혜롭지 못합니다. 위연에게 군사를 번갈아 좌우로 움직이게 하면 남만 군사는 우리 촉군이 많은 것으로 알고 쉽게 나오지 못할 것입니다. 상용 땅의 맹달 또한 걱정하실 게 못 됩니다. 맹달은 원래 촉의 장수였습니다. 마지못해 군사를 일으켰지만 쉽게 우리를 공격하지 못할 것입니다. 맹달과 친했던 이엄 장군을 전령으로 보내 글을 전하십시오. 그러면 맹달은 눈치를 봐 가며 적당히 군사를 움직일 것입니다."

황제 유선은 손뼉을 쳤다.

"음, 실로 지당하신 말씀이오. 그렇다면 나머지 오군과 위군은 어찌 막는단 말이오?"

"조진이 공격 중인 양평관은 계곡이 험해 지키기가 쉽습니다. 믿을 수 있는 장수 조자룡에게 군사를 주어 굳게 지키라고 하십시오. 자룡이라면 능히 양평관을 사수할 것입니다. 그 다음 오나라로 사신을 보내 화친을 청하십시오. 이번 싸움에 손권은 위나라 눈치를 봐 가며 군사를 움직일 것입니다. 나머지

네 군대 군사를 우리가 막아 낸다면 손권도 쉽게 공격하지 못할뿐더러 화친을 받아들일 것입니다. 관흥과 장포에게는 각각 3만 군사를 주어 만일의 사태에 대비하면 됩니다."

유선은 비로소 안도의 한숨을 내쉬었다.

"즉시 승상부로 나아가 그대로 시행하시오."

공명이 승상부로 들어서니 문부백관들이 기다리고 있었다. 공명은 황제의 명을 받들어 장수들에게 역할을 분담시켰다. 오래지 않아 싸움은 공명의 계책대로 진행되었다.

서평관으로 진격했던 오랑캐 군대는 마초를 만나자 싸우는 척하다가 그대로 되돌아갔다. 남만 왕 맹획 역시 촉의 네 고을을 공격하다가 위연의 계략에 걸려 군사만 잃고 돌아갔다. 상용 땅의 맹달도 이엄을 만나자 눈치만 살피며 군사를 내지 않았다. 양평관으로 기세등등하게 달려왔던 조진 역시 조자룡을 만나 제대로 싸워 보지도 못하고 군사를 뒤로 물렸다. 오나라 역시 사신으로 떠났던 등지의 활약으로 인해 군사를 거두고 촉과 동맹을 맺었다. 사마의가 제안했던 5로군 전법이 보기 좋게 실패로 돌아간 것이었다.

작전이 실패로 돌아가자 조비는 버럭 화를 냈다.

"오랑캐 따위를 데리고 적을 치고자 한 건 내 실수였다. 당장 다시 군사를 일으켜라! 강남과 서촉을 내 손으로 평정하리라!"

아버지 조조를 닮아 조비는 성격이 몹시 급한 편이었다. 때마침 염탐 나갔던 군사들이 돌아와 보고했다.

"오와 촉이 서로 동맹을 맺었다고 합니다."

그 소리를 듣자 조비는 펄쩍 뛰었다.

"손권은 참으로 괘씸한 놈이구나. 내가 제 놈을 오나라 왕에 봉했거늘 어찌 나를 배신할 수 있단 말이냐. 안 되겠다. 일단 버릇없는 손권부터 손을 봐 주어야겠다."

그러자 곁에 있던 가후가 아뢰었다.

"고정하십시오. 지금 군사를 일으키기에는 여건이 매우 좋지 않습니다. 앞으로 10년 동안 농사를 장려하여 식량을 모으고 말과 군사를 기르십시오. 그런 다음 오와 촉을 공격해도 늦지 않을 것입니다."

그러나 조비는 그 말을 귀담아 듣지 않았다.

"오와 촉이 동맹을 맺고 좌우에서 공격하면 위나라도 끝장이오. 앉아서 죽기를 기다리자는 말이오?"

전쟁을 좋아하는 사마의가 거들었다.

"오나라를 치기 위해서는 장강을 건너야 합니다. 장강을 건너기 위해서는 크고 작은 배가 많이 필요하지요. 우선 많은 전선을 만들고 배를 이용하여 수춘을 거친 뒤 곧장 건업으로 나아가십시오."

조비는 그 말을 옳게 여겨 배 만드는 일을 서두르게 했다. 조진과 장요, 장합, 문빙, 서황 등의 장수를 선봉으로 삼고 허저와 여건에게 중군을, 조휴는 후군을 이끌게 했다. 가을이 되자 큰 배 10척과 작은 배 3천 척이 건조되었다. 조비는 전선 위에 30만 대군을 싣고 물밀 듯이 오나라로 진격해 들어갔다. 조비가 왕이 된 지 4년째 되던 해의 일이었다.

하지만 이때 조비는 큰 실수를 저질렀다. 자신이 수도를 비운 틈을 타 나라를 사마의에게 임시로 다스리게 했던 것이다. 사마의는 훗날 조씨 일가로부터 나라를 빼앗는 엄청난 일을 저지르게 된다.

위나라가 쳐들어오자 오나라는 발칵 뒤집혔다. 촉과 싸운 지 불과 2년 만에 또다시 큰 싸움을 벌여야 했기 때문이다. 하지만 오나라엔 촉의 70만 대군을 불태운 천하명장 육손이 있었다.

"당장 육손 장군을 불러와라!"

조비의 침략 소식을 듣자 손권이 대신들에게 명령했다. 그러자 고옹이 급히 아뢰었다.

"육손은 지금 형주를 지키고 있습니다. 그를 불러들이면 시간이 너무 늦게 되니 다른 장수를 보내 싸우게 하십시오."

고옹의 말이 채 끝나기도 전에 한 사람이 불쑥 나섰다.

"제게 맡겨 주십시오."

그는 다름 아닌 서성이었다. 손권은 크게 기뻐하며 손소를 부장으로 삼아 서성에게 위군을 막게 했다. 서성은 군사를 거느리고 강 언덕에 진영을 설치했다. 나가서 싸우지 않고 위군이 다가오기를 기다릴 생각이었다.

그러나 부장 손소의 생각은 달랐다.

"어찌 앉아서 적을 기다린단 말입니까? 제게 3천 군마만 주십시오. 강을 건너가 위군을 강물 속으로 쓸어버리겠습니다."

그러나 서성은 고개를 흔들었다.

"적을 얕보아서는 안 되네. 여기서 기다렸다가 적이 배를 대는 순간 일제히 공격하여 섬멸하세."

그러나 손소는 서성의 말을 듣지 않았다. 밤이 되기를 기다려 손소는 3천 군사를 이끌고 살며시 강을 건너갔다. 뒤늦게 그 사실을 안 서성은 깜짝 놀라 급히 정봉으로 하여금 손소를 돕게 했다.

한편, 조비는 새벽이 되기를 기다렸다가 일제히 공격 명령을 내렸다. 위나라 군사들은 살금살금 노를 저어 강 언덕으로 향했다.

"앗, 배를 멈추어라!"

앞서가던 군사들이 급히 소리쳤다. 조비는 깜짝 놀라 군사들이 가리킨 방향을 바라보았다. 강 언덕 여기저기에 높은 성들이 즐비하게 세워져 있었다. 더욱 놀라운 것은 성을 지키는 군사들이었다. 성루마다 창칼이 번쩍이고 깃발들이 무수히 바람에 나부꼈다.

"하마터면 큰일 날 뻔했군."

조비는 급히 배를 뒤로 물리게 했다. 그러나 그건 서성이 속임수로 꾸민 일이었다. 갈대를 엮어서 높은 성을 만들고 그 위에 짚으로 병정 모양의 인형을 만들어 놓았던 것이다. 새벽이었으므로 위군은 감쪽같이 속고 말았다.

위군이 급히 배를 저어 반대편 기슭에 당도했을 때였다. 그때 홀연히 바람이 일며 강물이 출렁거리기 시작했다. 배 위에 탔던 군사들은 비명을 지르며 나뒹굴었다.

"음, 이건 또 무슨 조화인가?"

조비는 명을 내려 급히 군사들을 배에서 내리게 했다. 바로 그 무렵이었다.

"와아!"

언덕 위에서 함성이 일며 오군이 쏟아져 나왔다. 위군을 기습하기 위해 몰래 떠났던 손소의 군사들이었다. 배와 배들이 서로 뒤엉키는 가운데 위군은 큰 혼란에 빠졌다. 오나라 군사들은 여기저기 불을 놓고 마음껏 위군을 베고 찔렀다. 배에서 내린 군사들은 창칼에 죽고, 배에 타고 있던 군사들은 불에 타 죽었다.

조비는 배를 젓게 하여 다른 곳에 닻을 내리게 했다. 그러자 함성이 일며 또다시 오군이 밀려들었다. 손소를 돕기 위해 따라나섰던 정보의 군사들이었다.

"저기 조비가 있다!"

조비를 발견한 정봉이 칼을 빼 들고 달려들었다. 그러자 노장 장요가 정봉을 막아섰다. 장요는 천하가 알아주는 위나라 맹장이었다. 싸움에 자신이 없던 정봉은 꾀를 내어 재빨리 화살을 쏘았다. 활 쏘는 일이라면 장요 또한 남에게 지지 않을 솜씨를 지니고 있었다. 정봉이 활을 꺼내 쏘자 장요도 활을 꺼내 마주 쏘았다. 그러나 운명은 정봉의 손을 들어주었다. 두 장수가 쏜 화살은 공중에서 정면으로 부딪쳤다. 그런데 장요가 쏜 화살이 그만 툭 부러지고 말았다. 정봉이 쏜 화살은 그대로 날아가 장요의 허리를 꿰뚫었다.

"아악!"

나이가 든 장요은 미처 화살을 피하지 못하고 땅에 떨어져
죽었다. 서황이 도끼를 휘두르며 달려와 위기에 처한 조비를
구했다. 위군은 말과 식량을 아무렇게나 버려둔 채 앞 다투어
허창으로 돌아갔다. 위군이 버리고 간 배에서는 보름 동안이
나 연기가 치솟았다.

어이없이 당한 한판 패배였다.

91. 오랑캐 대왕 맹획

남만이라는 오랑캐 나라가 있었다.

그들은 넓은 중국 대륙 서남쪽에 터를 잡고 살았다. 익주 남쪽 지역이었는데 땅이 험해서 서촉의 손길이 미치지 못했다. 중원에서 위, 촉, 오 세 나라가 피를 흘리며 싸우는 동안 남만인들은 착실하게 세력을 키워 나갔다.

남만을 다스리던 사람은 맹획이라는 무시무시하게 생긴 대왕이었다. 맹획은 저승사자처럼 검은 얼굴에 두 자루 도끼를

무기로 사용했다. 전쟁이 일어나면 언제나 맨 앞에 서서 도끼를 휘두르며 돌진했다. 우리를 뛰어나온 짐승처럼 사나운 모습이었다.

맹획의 아내 축융 부인 또한 무술 솜씨가 뛰어난 여자였다. 축융 부인은 날카로운 칼 한 자루를 분신처럼 사용했는데 남자들도 그녀를 당하지 못했다.

그 밖에도 남만 땅에는 세 명의 대왕이 더 있었다. 그들은 중원 군사들이 듣지도 보지도 못한 무기를 들고 싸움터에 나왔다. 타사 대왕은 땅이 험한 곳을 다스렸으며 목록 대왕은 큰 코끼리 부대를 몰고 다녔다.

오과국의 대왕 올돌골은 키가 10척에 가까운 거인이었고 몸에 비늘이 돋은 사람이었다. 그는 '등갑군' 이라고 하는 무적의 부대를 이끌고 싸움터를 누볐다.

세력이 커지자 남만국 사람들은 슬슬 중원을 넘보기 시작했다. 그들은 자신들과 가장 가까운 땅인 촉으로 시선을 던졌다. 그때 촉은 유비가 죽고 어수선한 분위기 속에 있었다. 어느 날 맹획은 군사를 일으키고 이렇게 말했다.

"우리도 대륙 중앙으로 진출하여 천하를 한번 통일해 보자!"

그러자 오랑캐 부하들은 소리를 지르며 일제히 좋아했다.

"북쪽엔 맛있는 음식이 산더미처럼 있다!"

"북쪽 지역은 날씨가 좋아 살기도 좋다!"

오랑캐 군사들은 북을 치고 괴성을 질렀다.

한편, 5로군을 물리친 공명은 착실히 다음 전쟁에 대비했다. 다행히 큰 풍년이 들어 먹을 것이 풍족해졌다. 소년들은 무럭 무럭 자라 젊은 청년이 되었다. 창고엔 곡식과 물자가 넘쳤다.

남만 왕 맹획이 공격을 시작한 것은 바로 그 무렵이었다.

> 남쪽 오랑캐 대왕 맹획이 반란을 일으켰습니다
>
> 건녕 태수 옹개도 오랑캐에 가담했습니다
>
> 장가 태수와 월전 태수는 항복하여 성을 빼앗겼습니다
>
> 형세가 매우 급하니 속히 도와주십시오

남쪽을 지키던 군사들이 성도로 달려와 급보를 전했다.

편지를 읽고 공명은 황제를 찾아가 아뢰었다.

"남쪽 오랑캐들은 우리의 근심입니다. 이번 기회에 오랑캐를 모두 토벌하여 대륙 서남쪽을 완전히 우리 영토로 만드십시오. 명을 내리시면 신이 직접 다녀오겠습니다."

그러자 유선의 얼굴에 어두운 그림자가 드리웠다.

"동쪽의 손권과 북쪽의 조비가 호시탐탐 우리를 노리고 있소. 승상이 멀고 먼 남쪽으로 자리를 비운 동안 저들이 쳐들어오지 않을까 두렵소."

"오나라는 우리와 화친을 했으니 쉽게 군사를 내지 않을 것이며 조비는 오나라와의 싸움에 진 뒤라 나른 나라를 침범할 상황이 못 됩니다. 지금이야말로 남쪽을 칠 수 있는 절호의 기회이지요."

그러자 왕련이라는 대신이 극구 반대했다.

"남만은 이상한 짐승과 전염병이 가득한 땅입니다. 나라의 기둥인 승상께서는 성도에 남아 계시고 장수 한 사람을 보내 그들을 토벌하십시오."

그러자 공명은 고개를 저었다.

"오랑캐들은 매우 용맹하여 쉽게 대할 수 없소이다. 그들을 잘 달래어 반드시 항복을 받아오겠소."

그렇게 말한 뒤 공명은 출발 준비를 서둘렀다. 가장 믿을 수 있는 장수 조자룡과 위연을 대장으로 삼아 전군을 거느리게 했다. 왕평과 장익은 부장이 되었으며 군사의 수는 50만 명이나 되었다.

공명의 대군이 익주 경계에 이르렀을 때였다.

"누가 나를 당할 수 있으랴!"

얼굴이 시커먼 장수 하나가 군사를 거느리고 달려왔다. 오랑캐군 부장 악환이었다.

촉군이 밀려 내려오자 맹획은 옹개와 고정, 주포 등의 장수에게 각각 5만 군사를 주어 세 갈래로 촉군을 막게 했다. 악환은 그중 고정의 휘하 장수였다.

"너는 어디서 굴러먹다 온 깜둥이냐?"

촉군 장수 위연이 악환을 향해 달려 나갔다. 악환은 거칠게 방천극을 휘둘렀다. 그러나 위연의 칼 솜씨는 정교했다. 악환은 몇 번이나 허공을 찌르다가 위연에게 사로잡혔다.

악환이 사로잡히자 공명은 편지를 써서 고정에게 보냈다. 지난 일을 용서해 줄 테니 항복하라는 내용이었다. 본래 고정은 서촉의 장수였다. 맹획이 군사를 이끌고 오자 할 수 없이 항복하여 적장이 되었던 것이다.

"오랑캐의 목을 베어 승상의 은혜를 갚으리라."

공명이 자신을 용서하자 고정은 눈물을 흘리며 기뻐했다.

고정은 군사를 이끌고 달려가 옹개와 주포의 목을 베어 왔다. 싸움 한 번 하지 않고 오랑캐군 선봉을 무찔러 버린 것이었다. 공명은 고정에게 상을 내리고 그를 익주 태수에 임명했다.

"이제 맹획을 사로잡아라!"

공명은 다시 공격 명령을 내렸다. 그런데 곤란한 일이 발생하고 말았다. 지형이 험해 촉군은 도저히 길을 찾을 수 없었다. 그때 공명 앞에 홀연히 여개라는 선비가 나타났다.

"제가 남만 땅 지도인 '평만지장도'를 가지고 있습니다. 남만의 모든 길과 강, 산의 위치가 표시되어 있으니 군사를 이끌고 나아갈 때 도움이 되실 겁니다."

공명은 크게 기뻐하며 여개에게 벼슬을 내렸다.

공명은 지도를 바탕으로 남만 땅 깊숙이 쳐들어갔다. 남만왕 맹획도 대군을 거느리고 마주 나왔다. 공명은 군사를 산속에 숨기고 왕평으로 하여금 나가 싸우게 했다. 왕평을 보자 맹획이 소리쳤다.

"누가 나가서 촉나라 장수를 사로잡겠느냐?"

그러자 한 장수가 나섰다.

"제가 가겠습니다."

그는 망아장이라는 부장이었다. 망아장은 초승달처럼 생긴 칼을 잘 썼다.

망아장과 왕평은 벌판 한가운데서 부딪쳤다. 그러나 왕평은 몇 번 싸우는 채하다가 말을 돌려 도망쳤다.

"촉군을 모조리 쓸어버려라!"

왕평이 달아나자 맹획은 전군에 공격 명령을 내렸다. 맹획은 신이 나서 20리가량 촉군을 쫓아갔다. 그들이 막 산모롱이를 돌아갈 때였다. 홀연 함성이 일며 계곡 좌우에서 촉군이 쏟아져 나왔다. 돌격밖에 모르는 오랑캐들로서는 처음 대하는 전법이었다.

"후퇴하라!"

맹획은 급히 군사들에게 명령했다. 그러나 이미 많은 군사가 목숨을 잃은 뒤였다. 남만군은 자기편끼리 서로 짓밟으며 금대산 방향으로 도망쳤다. 조자룡, 장익 등 촉군 장수들은 그대로 군사를 몰아쳤다.

많은 남만군이 무기를 내던지고 항복했다. 맹획은 겨우 수십 명을 이끌고 계곡 위로 올라갔다.

그런데 그들이 계곡 위에 막 당도했을 때였다.

"맹획은 목을 내 놓아라!"

호통소리와 함께 한 장수가 나타났다. 그는 촉군 대장 위연이었다. 위연은 공명의 지시에 따라 맹획을 기다리고 있던 참이었다. 맹획은 쌍도끼를 휘두르며 위연을 향해 달려들었다.

그때 넓은 그물 하나가 맹획을 향해 날아왔다. 맹획은 꼼짝없이 사로잡히고 말았다.

위연은 맹획을 밧줄로 꽁꽁 묶어 공명에게 데리고 갔다. 공명은 높은 단 위에 앉아 맹획을 기다리고 있었다. 잡혀 온 맹획을 보자 공명이 큰 소리로 꾸짖었다.

"너는 어찌하여 반란을 일으켰느냐?"

그러자 맹획이 눈을 부릅뜨고 대답했다.

"평화롭던 서촉과 한중을 빼앗은 건 원래 너희들이었다. 그래 놓고 이제 와서 주인 행세를 하겠단 말이냐?"

공명이 부드러운 목소리로 말했다.

"장수가 싸움에 져 놓고 부끄럽게도 말이 많구나. 항복하여 목숨을 보존하라."

"계략에 속아 싸움에 졌을 뿐이다."

공명이 미소를 띠고 물었다.

"살려 줄 테니 또다시 진다면 그땐 어떡하겠느냐?"

"내가 다시 사로잡히는 날엔 진심으로 항복하겠다."

공명은 무력으로 남만을 정복하기보다 그들이 마음으로 촉에 항복하기를 바랐던 것이다. 공명이 다짐하듯 물었다.

"좋다! 내 너의 용기를 가상히 여겨 살려 보내겠다. 돌아가 군사를 수습하고 우리에게 대항하라. 다시 사로잡히는 날엔 약속을 지켜 진심으로 항복하기 바란다."

공명은 군사들에게 영을 내려 맹획을 풀어 주게 했다. 뿐만 아니라 전투 중에 사로잡힌 수백 명의 포로를 모두 살려 보냈다. 오랑캐 군사들은 모두 땅에 엎드려 공명에게 감사의 절을 올렸다.

풀려난 맹획은 노수에 도착하여 군사를 수습했다. 얼마 지나지 않아 도망쳤던 군사들이 하나 둘씩 모여들었다. 주변에 있던 부족 군사들이 가세하니 어느덧 군사의 수가 10만이나 되었다.

"어찌 촉군 따위에게 질 수 있단 말이냐? 돌격하라!"

맹획이 군사들을 모아 놓고 사납게 소리쳤다.

"와아!"

오랑캐 군사들은 함성을 지르며 촉군 진지로 몰려갔다. 그들 중에는 동도나라고 하는 부장이 있었다. 남만군이 몰려오자 공명은 마대로 하여금 그들을 막게 했다. 마대는 동도나를 보자 큰 소리로 꾸짖었다.

"너는 어찌하여 또 나타났느냐?"

동도나는 첫날 싸움에서 공명에게 사로잡혔던 장수였다. 마대의 꾸짖음 소리를 듣자 동노나는 부끄러워 창을 내던지고 도망쳤다. 남만군은 또다시 크게 패해 후퇴하고 말았다.

"장수가 무기를 버리고 도망치다니, 도저히 용서할 수 없다. 당장 저놈을 매우 쳐라!"

맹획이 동도나에게 소리쳤다. 군사들이 달려들어 동도나를 밧줄로 꽁꽁 묶었다. 동도나는 온몸이 피투성이가 되도록 매를 맞고 실려 나갔다.

그날 밤 동도나는 부하들을 불러 놓고 말했다.

"우리는 촉나라와 지금껏 원수진 일이 없다. 그런데 맹획이 촉의 국경을 침범하여 오늘날 이런 화를 불러들인 것이다. 맹획을 사로잡아 바치고 전쟁을 끝내는 게 어떠하냐?"

"그게 좋겠습니다."

싸움에 지쳐 있던 부하들은 이구동성으로 찬성했다.

동도나는 새벽이 되기를 기다렸다가 살며시 맹획의 막사를 찾아갔다. 맹획은 아무것도 모른 채 깊이 잠들어 있었다. 동도나와 부하들은 맹획을 꽁꽁 묶어 말에 싣고 공명을 찾아갔다. 그를 보자 공명이 웃으며 물었다.

"너는 일전에 나와 약속하기를 다시 사로잡히면 우리에게 항복하기로 했다. 이제 약속을 지켜 항복하는 게 어떠하냐?"

맹획이 거친 숨을 몰아쉬며 대답했다.

"나는 승상께 사로잡힌 게 아니오. 내 부하들에게 사로잡힌 몸이니 약속을 지킬 수 없소이다."

그러자 공명이 물었다.

"좋다. 그렇다면 다시 한 번 너를 살려 주겠다. 세 번째 사로잡히면 그땐 진심으로 항복할 테냐?"

"나도 피가 흐르는 사람이오. 세 번씩 사로잡히고 어찌 은혜를 저버리겠소?"

공명은 또다시 맹획을 풀어 주었다.

그런 일은 이후로도 계속되었다. 풀려난 맹획은 군사를 수습하여 촉군을 공격했고 그때마다 공명의 계략에 걸려 사로잡혔다. 그러기를 여섯 번째, 그때마다 맹획은 이런저런 핑계를 대며 항복을 거부했고 공명은 너그럽게 그를 풀어 주었다.

"한 번만 더 나를 풀어 주시오. 이번엔 기필코 촉군을 깨뜨리리라."

여섯 번째 사로잡힌 날 맹획은 절까지 올려 가며 공명에게 부탁했다. 공명은 고개를 끄덕이며 맹획을 풀어 주었다. 맹획은 여러 부족들과 연합하여 다시 촉군 진지를 기습했다. 그러나 이번에도 공명의 계략에 걸려들어 군사를 전부 잃고 마대에게 사로잡혔다.

공명은 끌려온 맹획을 보자 부하들에게 명령했다.

"풀어 주어라!"

공명은 뒤도 돌아보지 않고 밖으로 나가려 했다. 그때 별안간 맹획이 땅에 엎드려 울부짖었다.

"승상은 일곱 번이나 저를 놓아주셨습니다. 사람의 낯을 하고 제가 어찌 항복하지 않을 수 있겠습니까?"

맹획은 커다란 어깨를 들먹이며 마구 울었다.

"그냥 항복이 아니라 마음으로 항복하시오."

맹획은 울음을 그치고 공명 앞에 꿇어앉았다.

"용서해 주십시오, 승상. 소인이 어리석어 촉을 침략하고 많은 백성들을 죽게 했습니다. 이제 승상의 뜻을 받들겠습니다."

공명은 그제야 고개를 끄덕이며 항복을 받았다. 공명은 잔치를 베풀어 맹획을 위로하고, 맹획으로 하여금 다시 남만 땅을 다스리게 했다.

맹획이 항복하니 남은 남만군은 순식간에 무너졌다. 축융부인은 맹획과 더불어 항복했고 타사 대왕과 목록 대왕도 줄줄이 항복했다. 올돌골이 이끄는 등갑군 또한 공명의 계략에 걸려 모두 몰살하고 말았다.

공명은 맹획을 잡았다가 일곱 번이나 놓아줌으로써 남쪽 오랑캐들을 진심으로 항복시켰던 것이다. 그날 이후, 남만은 촉에 복종했고 매년 식량을 바쳤다. 이로써 공명은 애초의 계획대로 한중과 서촉, 남만에 이르는 커다란 나라를 건설할 수 있었다.

92. 공명의 출사표

　그 무렵 위나라에는 큰 변화가 일어났다. 조조의 대를 이은 조비가 병에 걸려 자리에 눕게 된 것이었다. 의원들이 백방으로 약을 썼지만 듣지 않았다. 조비가 왕이 된 지 7년째 되던 해의 일이다.

　어느 날 조비는 피를 한 말이나 토한 뒤 중얼거렸다.

　"나도 죽을 때가 되었구나."

　조비는 자신의 운명이 다했음을 알았다. 조비는 즉시 영을 내려 대장군 조진과 진군, 사마의, 조휴 등을 침실로 불러들였다.

"짐은 이제 다시 일어나기 힘들 듯하다. 다행히 나의 첫째 아들 조예가 총명하니 그를 왕으로 세워 뒤를 잇게 하라."

네 사람이 머리를 조아리고 아뢰었다.

"폐하께서는 어찌하여 그런 말씀을 하십니까? 속히 기운을 차리십시오."

"아니다. 짐의 운명은 이제 다하였다. 경들은 하나로 힘을 합쳐 촉과 오를 치고 천하를 통일하라."

조비는 눈물을 주르륵 흘린 뒤 눈을 감았다. 조비의 나이 마흔 살이었다.

새로 황제가 된 조예는 조휴를 대사마에 임명하고 화흠은 태위로, 왕랑은 사도로, 진군은 사공으로 삼았다. 또한 사마의를 표기대장군으로 삼아 멀리 서량 땅을 지키게 했다.

그 소식을 전해 들은 공명은 얼굴이 굳어졌다.

"무슨 일입니까?"

마속이 공명을 위로하며 물었다.

"조예는 아직 나이가 어리니 크게 두려워할 인물이 못 된다. 그러나 사마의가 서량 땅으로 왔다는 것은 우리 촉에게 매우 불행한 일이다. 그가 서량에서 군사를 일으킨다면 나라 북쪽이 크게 위험에 처할 것 아니겠는가?"

서량은 한중 북쪽에 위치한 외진 곳이었다. 군사들이 용맹하여 예부터 반란이 많은 땅으로 유명했다. 동탁은 물론 곽사와 이각 등이 서량에서 군사를 일으킨 인물들이었다. 조조에게 지고 쫓겨 갔던 마초도 서량에서 군사를 길러 복수전을 펼칠 수 있었다.

"제게 좋은 생각이 있습니다."

생각에 잠겼던 마속이 눈을 빛내며 말했다.

"그게 무엇인가?"

"사마의를 피 한 방울 흘리지 않고 쫓아낼 방법이 있습니다. 우선 사람을 위나라 곳곳으로 보내 사마의가 반란을 준비 중이라고 퍼뜨리십시오. 그러면 겁에 질린 조예는 사마의를 죽이거나 벼슬을 빼앗을 것입니다."

"음, 좋은 생각이다."

다음 날 공명은 말 잘 하는 군사들을 뽑은 뒤 명령했다.

"너희들은 장사꾼으로 변장한 뒤 곧장 위나라로 침입하라. 그리고 사마의가 반란을 준비 중이라고 퍼뜨려라. 아울러 위나라의 동정을 면밀하게 살피고 돌아오라."

이렇게 위나라로 떠난 사람은 수십 명이나 되었다. 작전은 보기 좋게 성공했다. 소문을 듣자 조예는 용상을 박차고 일어났다.

"당장 사마의를 잡아다가 목을 베어라!"

그러자 대장군 조진이 아뢰었다.

"사실을 정확히 알아보고 그때 가서 벌을 내리십시오."

그러나 기분이 상한 조예는 사마의를 그대로 두지 않았다. 벼슬을 빼앗고 고향으로 멀리 쫓아 보냈다.

소식을 전해 들은 공명은 무릎을 치며 기뻐했다.

"비로소 위나라를 정벌할 때가 왔다."

집으로 돌아온 공명은 깨끗이 목욕을 하고 방으로 들어갔다. 그런 다음 붓과 벼루를 꺼내어 종이에 무엇인가를 적어 내려가기 시작했다.

신은 본래 가난한 선비로 밭을 일구며 살기로 작정한 몸이었습니다. 그러나 세상이 어지러워 차마 농부가 되지 못하고 선제(유비)를 따라나서게 되었습니다. 그 뒤 어느덧 20년 가까운 세월이 흘렀습니다. 처음 사립문을 나설 때의 계획대로 한중과 촉을 아울러 한 나라를 형성했고 남만을 정벌하여 명실공히 대륙 서쪽을 완전히 장악했습니다.

이제 어느 정도 나라가 안정되었고 갑옷과 군사도 넉넉합니다. 남은 일은 선제의 뜻을 받들어 중원을 평정하고 천하를 하나로 통일하는 일입니다. 신이 비록 재주는 없사오나 간사한 무리들을 한 자루 칼날 아래 굴복시키고 멸망한 한나라 황실을 다시 일으켜 옛 도읍지인 장안을 되찾겠습니다.

이는 신의 마지막 소원인 동시에 돌아가신 선제 폐하의 유언이기도 하셨습니다. 또한 평생을 전쟁터에서 살다가 돌아가신 관우, 장비 장군의 바람이기도 할 것입니다.

바라건대 폐하께서는 신의 간절한 소망을 뿌리치지 말아 주십시오. 역적을 쳐서 황실을 되살리는 일을 맡겨 주십시오. 목표를 이루기 위해 몸이 닳아 없어질 때까지 노력하고, 죽음에 이르도록 정성을 다하겠습니다.

어리석은 공명이 엎드려 눈물로 청하옵니다.

싸움에 나가기 전 적과 싸워야 하는 이유를 적은 출사표였다.

아침이 되자 공명은 종이를 접어 소매에 넣고 황제를 찾아갔다. 황제 유선은 출사표를 어루만지며 공명을 쳐다보았다.

"남쪽을 정벌하고 돌아온 지 얼마 되지 않았으니 쉬었다 북벌을 진행하는 게 어떻겠소?"

공명이 머리를 조아리고 대답했다.

"군사를 움직이는 일에는 무릇 때가 있습니다. 폐하께서는 부디 허락하여 주십시오."

"나라와 백성을 생각하는 그대의 마음을 내 어찌 뿌리치겠소."

황제 유선은 고개를 끄덕이며 공명을 위로했다.

승상부로 돌아온 공명은 착착 전쟁 준비에 돌입했다. 위연과 장익, 왕평을 선봉으로 삼고 이회와 여의를 후군으로 삼았다. 요화와 마대에게는 군량과 마초를 수송하는 임무를 부여했다. 마충과 장의에게 우군을 맡기고 관흥과 장포는 공명이 있는 중군을 호위하게 했다. 그 밖에도 등지와 마속, 유염 등이 모사로 전쟁에 참가했다.

출발 준비가 끝나자 공명이 높은 곳에 올라가 소리쳤다.

"자, 출발하라! 이것은 다만 긴 전쟁의 시작일 뿐이다. 중원을 몰아쳐 역적들을 토벌하고 한나라 황실을 구하라!"

"와!"

군사들은 함성을 지르며 차례로 성도를 빠져나갔다.

그런데 공명이 수레에 올라 성문을 막 빠져나갈 때였다. 멀리서 늙은 노인 하나가 백발을 휘날리며 달려와 수레를 막아섰다. 그는 다름 아닌 상산 조자룡이었다. 조자룡은 공명을 보자 다짜고짜 호통쳤다.

"승상은 장판교에서 백만 조조군 진영을 짓밟던 이 조자룡을 잊은 거요? 어찌하여 나를 빼놓고 군사를 일으킨 것이오?"

공명은 황급히 수레를 내려 조자룡의 손을 잡았다.

"그럴 리가 있소? 어찌 제가 자룡 장군의 용맹을 모르겠습니까? 다만 장군의 나이가 어느덧 일흔에 가까운지라 집에서 편히 쉬시게 배려한 것입니다."

"듣기 싫소! 나는 평생토록 선제 폐하를 모시고 전쟁터를 누빈 몸이오. 장수가 전쟁터를 떠나 어찌 살아갈 수 있겠소. 바라건대 나를 선봉에 세워 주시오. 만약 선봉에 서지 못하면 칼로 목을 베어 스스로 자결하겠소."

조자룡이 눈을 빛내며 말했다. 공명으로서도 어쩔 수 없는 일이었다. 공명은 등지를 부장에 임명하고 날랜 군사 5천을 뽑아 조자룡을 따르게 했다.

한편 이런 소식은 위나라 황제 조예의 귀에도 들어갔다. 조예는 크게 놀라 문무 대신들을 모조리 불러들이고 대책을 물었다. 그때 젊은 장수 하나가 앞으로 나서며 소리쳤다.

"신의 아비가 황충에게 죽은 이후 아직 원수를 갚지 못했습니다. 신에게 대군을 맡겨 주십시오. 반드시 적을 물리치겠습니다."

그는 정군산 전투에서 죽은 하후연의 아들 하후무였다.

조예는 크게 기뻐하며 하후무에게 20만 군사를 내주었다. 하후무는 군사를 거느리고 장안에 이르러 진을 쳤다.

이 소식을 듣자 선봉장 위연이 공명을 찾아와 말했다.

"날랜 군사 5천을 이끌고 지름길로 달려가 장안을 습격하겠습니다. 모쪼록 허락하여 주십시오."

그러나 공명은 고개를 흔들었다.

"지름길은 길이 좁아 매우 위험하네. 만약 적이 매복하고 기다리는 날엔 5천 군사를 모조리 잃고 말 걸세."

위연은 기분이 나빠졌다.

'승상이 나를 무시하는구나.'

위연은 얼굴을 찡그린 채 그 자리를 물러났다.

며칠 뒤 양쪽 군대는 봉명산에서 처음으로 마주쳤다. 하후무는 한덕에게 8만 군사를 주어 선봉을 맡게 했다. 한덕은 한영, 한요, 한경, 한기 등 네 명의 아들을 좌우에 거느리고 힘차게 말을 달려 나왔다.

"촉나라 쥐새끼들아, 왜 남의 땅을 넘어오느냐?"

그 소리를 듣자 촉군 선봉장 조자룡은 크게 노했다.

"웬 놈들이 떼거리로 몰려와 떠드느냐?"

조자룡은 백발을 휘날리며 한덕을 향해 말을 달렸다. 그러자 한덕의 맏아들 한영이 조자룡을 겁도 없이 가로막았다. 조자룡의 창이 무서운 속도로 한영의 목을 찔렀다. 귀신처럼 빠른 동작이었다. 한영은 미처 창을 피하지 못하고 말 아래로 굴러 떨어졌다.

"앗! 형님이 죽었다."

지켜보던 세 동생이 이를 갈며 달려 나왔다. 그러나 세 장수 또한 조자룡의 상대가 되지 못했다. 조자룡은 창을 좌우로 휘둘러 한기와 한경을 죽인 뒤 달아나는 한요를 한 손으로 사로잡아 돌아왔다.

이렇게 되니 싸움은 하나 마나 한 결과가 되었다. 5천 군사는 함성을 지르며 8만 조조군을 휩쓸었다. 조자룡은 아무도 없는 들판을 달리듯 조조군 진영을 짓밟았다. 일흔의 나이로 볼 수 없는 놀라운 용맹이었다.

한덕이 패하자 하후무는 군사를 휘몰아 봉명산으로 달려왔다. 힘을 얻은 한덕은 큰 도끼를 휘두르며 조자룡에게 달려들었다.

"내 아들을 모조리 죽인 원수놈아! 내 반드시 너를 죽이고

간을 꺼내……."

그러나 그것이 마지막이었다. 한덕이 말을 채 끝마치기도 전에 조자룡의 창이 번쩍 하고 허공을 갈랐다. 한덕은 입을 딱 벌린 채 숨을 거두었다.

"와아! 공격하라!"

신바람이 난 촉군은 그대로 위군을 짓밟았다. 위군은 허둥거리며 후퇴하기 시작했다. 앞쪽 군사들이 등을 돌리자 뒤에 진을 친 군사들은 영문도 모른 채 달아났다. 하후무도 달아나는 군사들 틈에 섞여 정신없이 도망쳤다. 그렇게 10여 리를 갔을 때였다.

"가만, 장군은 말을 멈추시오!"

모사 정무가 하후무를 불러 세웠다. 그는 일찍이 조조를 도왔던 모사 정욱의 아들이었다.

"무슨 일인가?"

하후무가 숨을 헐떡이며 물었다.

"아무래도 이상하지 않습니까? 촉군의 선봉 조자룡은 겨우 5천 군사를 이끌고 있을 뿐입니다. 그에 비해 우리 위군은 10만이 넘는 대군입니다. 속히 징을 울려 군사를 거두십시오."

하후무는 정신이 번쩍 들어 급히 징을 치게 했다.

"멈춰라! 달아나는 자는 목을 벨 것이다. 계곡 좌우에 매복하고 촉군을 기다려라!"

위군이 멈춘 줄도 모르고 조자룡은 깊숙이 그들을 추격했다. 그런데 촉군이 계곡에 이르렀을 때였다. 갑자기 징이 울리며 도망친 줄 알았던 위군이 쏟아져 나왔다. 5천밖에 안 되는 촉군은 제대로 싸우지도 못하고 태반이 목숨을 잃었다.

"음, 내가 너무 깊이 들어왔군!"

조자룡은 뒤늦게 탄식했다. 하지만 이미 때가 늦은 뒤였다. 조자룡은 창을 이리저리 휘두르며 길을 열었다. 살아서 조자룡을 따르는 촉군은 천여 명도 되지 않았다. 10만이 넘는 위군은 촉군을 사방에서 포위한 채 토끼를 몰 듯 몰아쳤다. 조자룡은 쏟아지는 화살을 뚫고 작은 산으로 올라갔다.

"아, 조자룡이 여기서 죽는구나……."

조자룡은 하늘을 우러러 길게 탄식했다. 바로 그때였다. 돌연 계곡 위쪽에서 함성이 일며 한 떼의 군사들이 나타났다. 그뿐만이 아니었다. 계곡 아래쪽에서도 한 떼의 군사가 나타나 닥치는 대로 위군을 찌르고 베었다. 그들은 다름 아닌 촉군 장수 장포와 관흥이었다.

"오, 자네들이 여길 어떻게 알고 나타났는가?"

조자룡이 기쁨에 들뜬 목소리로 중얼거렸다.

"승상이 저희를 보내 대장군을 돕게 하셨습니다."

관흥과 장포는 포위된 조자룡을 구하고 무사히 적진을 벗어났다.

93. 어리석은 마속

다음 날 공명이 군사를 거느리고 봉명산에 당도했다.

창검과 깃발이 벌판을 덮은 가운데 함성이 천지를 진동했다. 멀리서 이 광경을 지켜보던 하후무는 기가 질려 버렸다.

"아버지의 복수는커녕 내가 죽게 생겼구나."

겁을 집어먹은 하후무는 군사를 수습하여 이웃한 남안성으로 후퇴했다. 공명은 군사를 다그쳐 그대로 남안성을 공격했다. 그러나 성벽이 높아 남안성은 쉽게 함락되지 않았다. 군사를 물린 공명은 꾀를 내어 군사들을 위나라 옷으로 갈아입혔다.

"문을 여시오. 우리는 낙양에서 구원 나온 위나라 군사들이오."

위군 옷을 입은 촉군이 밤에 성문으로 몰려가 소리쳤다. 구원병이 왔다는 소리를 듣자 하후무는 기뻐하며 성문을 열어 주었다. 뒤에 숨어 있던 촉군은 함성을 지르며 성으로 쏟아져 들어갔다. 성은 오래지 않아 함락되었다. 도망치던 하후무는 촉군 장수 왕평에게 사로잡혔다.

성을 빼앗자 공명이 부장들을 모아 놓고 말했다.

"다음 목표는 천수성이오. 천수성 또한 계책을 써서 빼앗을 것이오."

"이번엔 어떤 방법을 사용하실 작정입니까?"

모사로 참가한 등지가 물었다.

"위나라 군사로 분장시킨 전령을 보내 놓았소. 급히 군사를 이끌고 나와 하후무를 도우라고 말이오. 적은 틀림없이 군사를 죄다 끌고 나올 것이오. 그때 숲에 매복했다가 적을 치고 빈 성을 접수하시오."

천수군 태수는 마준이었다. 마준은 촉군이 남안성에 이르렀다는 소식을 듣고 싸울 준비를 서둘렀다. 그때 피투성이가 된 전령이 달려와 소리쳤다.

"저는 하후무 장군이 보낸 전령입니다. 성이 위급한 상황에 처했으니 속히 구원병을 보내 주십시오."

"큰일났군. 알았다고 장군께 가서 전하라!"

그런데 마준이 군사를 이끌고 막 출발하려 할 때였다.

"성을 나가시면 안 됩니다. 이 성에서 적을 맞으십시오."

젊은 장수가 급히 달려와 마준에게 건의했다. 마준은 놀라 말을 세우고 그 젊은 장수를 바라보았다. 채 스무 살도 안 돼 보이는 홍안의 소년이었다. 백옥처럼 흰 얼굴에 두 눈은 깊고 그윽했다. 그는 참군부사로 있는 강유였다.

"왜 성을 나가면 안 된다는 건가?"

마준이 의아한 얼굴로 물었다.

"이건 공명의 계략이 틀림없습니다. 적은 숲에 군사를 매복하고 우리가 나오기를 기다리고 있을 것입니다. 그리고 비어 있는 성을 공격하겠지요. 태수께서는 군사를 이끌고 나갔다가 다시 돌아오십시오. 저는 성 안에 매복해 있다가 적을 막겠습니다."

강유는 공명의 계략을 손바닥 들여다보듯 알고 있었다.

"자네가 아니었으면 큰일 날 뻔했군."

마준은 강유를 칭찬한 뒤 군사 3천을 주어 성을 지키게 했다. 아니나 다를까. 마준이 군사를 이끌고 나간 지 얼마 지나지 않아서였다. 한 떼의 군마가 질풍처럼 달려와 성문으로 들이쳤다. 공명의 영을 받아 성을 접수하러 온 노장 조자룡이었다.

"성은 텅 비어 있다. 겁먹지 말고 진격하라!"

조자룡은 앞장서 군사들을 이끌고 성 안으로 들어갔다. 바로 그때였다.

"어리석은 촉군들은 듣거라. 너희들은 여기가 어디라고 함부로 발을 들여놓았느냐?"

호통소리와 함께 성루에 한 소년 장수가 모습을 나타냈다. 조자룡은 깜짝 놀라 소리쳤다.

"앗! 이게 어떻게 된 일인가?"

그러자 소년 장수가 껄껄 웃고 대답했다.

"공명의 얄팍한 계책 따위는 이 강유에게 통하지 않는다!"

강유가 손을 들어 신호를 보냈다. 그러자 사방에서 함성이 일며 매복했던 군사들이 쏟아져 나왔다. 마음 놓고 성에 들어왔던 촉군은 큰 혼란에 빠져 허둥거렸다. 조자룡은 속으로 감탄했다.

'이 좁은 시골에 저런 장수가 있었다니, 놀라운 일이로다.'

조자룡은 강유를 시험해 볼 생각으로 창을 들고 달려갔다. 강유는 물러서지 않고 마주 창을 휘둘렀다. 그런데 창끝이 예상외로 날카로웠다. 천하에 적수가 없다는 조자룡을 상대하고도 50합을 너끈하게 받아냈다.

그때 성을 나갔던 마준이 군사를 이끌고 돌아왔다. 양쪽에서 공격을 받자 촉군은 싸울 기력을 잃고 도망쳤다. 군사들이 도망가니 조자룡도 어쩔 수 없었다. 조자룡은 군사를 태반이나 잃고 급히 공명에게 돌아갔다.

"아니, 천수성은 어찌하고 돌아온 것이오?"

공명이 당황한 얼굴로 물었다. 자신의 계책이 실패했으리라고는 꿈에도 생각하지 못한 공명이었다. 조자룡은 싸움에 지고 쫓겨 온 이유를 자세히 설명했다. 더구나 그 소년 장수가 조자룡의 창을 50합이나 받아냈다는 얘기를 듣자 공명은 거듭 감탄했다.

"오, 놀라운 일이로다."

조자룡도 혀를 내둘렀다.

"저 역시 칠십 평생 동안 그처럼 창을 잘 쓰는 장수는 처음 보았습니다. 마치 관운장이나 익덕 장비가 살아 돌아온 듯하였습니다."

공명은 길게 탄식했다.

"그런 장수를 내 곁에 둘 수 있다면 얼마나 좋을까……."

그러자 곁에 있던 부장 하나가 말했다.

"저는 강유와 같은 안정군 태생입니다. 제게 강유를 사로잡을 묘책이 있으니 승상은 들어주십시오."

"그게 무엇인가?"

공명이 고개를 번쩍 들었다.

"강유는 지극한 효자입니다. 그런데 지금 그의 어머니는 강유와 떨어져 기성이란 곳에 있습니다. 기성을 에워싸면 강유는 제 어미를 구하기 위해 달려올 것입니다. 승상께서는 그때 좋은 계책을 내십시오."

공명은 크게 기뻐하며 위연에게 명을 내려 기성을 포위하게 했다. 아니나 다를까. 기성이 포위됐다는 소식을 듣자 강유는 적은 군사를 이끌고 번개처럼 달려왔다. 숨어서 기다리던 촉군은 다가오는 강유를 포위하고 길을 막았다. 강유는 창을 휘두르며 필사적으로 저항했다. 그러나 함께 온 군사들이 모두 죽고 결국 혼자만 남게 되었다.

"분하다!"

강유는 칼을 들어 자신의 목을 찌르려 했다. 그때 무수한 깃

발 사이로 작은 수레 하나가 쏜살같이 달려왔다. 수레에서 내린 사람은 하얀 옷을 입고 흰 부채를 든 공명이었다. 공명이 강유를 향해 부드럽게 말했다.

"그대는 어찌하여 늙으신 어머니를 두고 먼저 죽으려 하는가?"

그 말을 듣자 강유는 자신도 모르게 칼을 멈추었다. 촉군들이 달려들어 강유의 칼을 빼앗았다. 강유는 땅바닥에 주저앉아 주르륵 눈물을 흘렸다.

공명이 다가와 다정하게 강유의 손을 잡았다.

"나라를 구하고 백성을 생각하는 마음은 그대와 내가 한 가지로 같소. 모시는 주인이 다르다 한들 그것이 무슨 소용이겠소? 주인보다 더 위에 있는 것이 곧 백성이오. 나와 함께 힘을 합쳐 널리 천하를 이롭게 해 봅시다."

공명의 말은 조금씩 강유를 움직였다.

'만나 보니 과연 공명은 어진 사람이군.'

강유는 공명에게 절을 올린 뒤 마침내 항복의 뜻을 전했다. 이로써 공명은 백만 군사를 부릴 수 있는 뛰어난 장수를 손에 넣게 되었다.

한편 위나라 조정은 벌집을 쑤셔 놓은 듯 들끓었다. 하후무가 사로잡히고 천수성이 떨어졌다는 급보가 전해졌다. 이어서 상규, 기의성도 떨어졌다. 촉군은 어느새 위수 상류까지 이르러 있었다.

조예는 두려운 얼굴로 신하들에게 물었다.

"위나라엔 공명 하나 막을 인재가 없단 말이오?"

그러자 시랑 왕랑이 건의했다.

"대장군 조진을 대장으로 삼아 적을 막게 하십시오."

그때 조진은 일흔이 넘은 나이였다. 명령을 받자 할 수 없이 군사를 일으켰지만 애초에 공명의 상대가 될 수 없었다. 오히려 크게 패해 20만이나 되는 군사를 모두 잃고 쫓겨 돌아갔다.

"아, 이제 항복하는 일만 남았구나."

조예는 음식을 끊고 연일 탄식했다. 그때 원로대신 종요가 들어와 아뢰었다.

"지금 공명을 막을 사람은 오직 한 사람밖에 없습니다."

"그게 누구요?"

"공명이 유일하게 두려워하는 사람으로 바로 표기장군 사마의지요. 공명은 전쟁을 시작하기 전 계책을 써서 헛소문을 퍼뜨리고 사마의를 고향으로 쫓겨 가게 했습니다. 지금 즉시 사마의를 불러들여 적을 막게 하십시오."

"좋소. 지금 당장 사마의를 불러오시오."

조예는 사마의를 다시 대장군에 임명했다. 그리고 군사를 일으켜 촉군을 막게 했다. 사마의는 두 아들을 부장으로 삼고 장합을 선봉으로 내세워 기세등등하게 낙양을 출발했다.

소식을 들은 공명은 표정이 어두워졌다. 마속이 물었다.

"승상께서는 어찌하여 사마의를 걱정하십니까?"

공명은 고개를 가로저었다.

"아니다. 사마의는 반드시 큰일을 저지르고 말 위인이다. 그를 얕잡아 보아서는 안 된다."

공명의 지적은 틀림없는 것이었다. 위왕의 부름을 받자 사마의는 두 아들을 이끌고 전쟁에 참여했다. 사마의가 제일 먼저 한 일은 군사를 몰고 달려가 맹달을 치는 일이었다.

맹달은 본래 촉군 장수였으나 관우가 죽자 위나라에 항복한 인물이었다. 위왕 조비는 그로 하여금 상용 땅을 지키게 했다. 하지만 맹달은 늘 촉나라 시절을 그리워했다. 공명이 군사를 일으켜 위를 침략하자 맹달은 마침내 반란을 일으켰다.

사마의가 대장군이 되자 공명은 맹달에게 조심하라는 편지를 보냈다. 그때 맹달은 신성에 머물고 있었다. 공명의 편지를 받자 맹달은 소리쳐 웃었다.

"승상은 어찌하여 사마의 따위를 두려워한단 말인가?"

그러나 말이 채 끝나기도 전에 사마의가 군사를 몰고 나타 났다. 자그마치 20만이나 되는 대군이었다. 맹달은 제대로 싸우지도 못한 채 목이 잘리고 말았다.

소식을 전해 들은 공명은 땅을 치며 한탄했다.

"아, 통탄할 일이로다. 이 일을 어찌하면 좋단 말인가? 사마의는 틀림없이 가정 땅을 공격할 것이다. 그 땅을 빼앗기면 우리 촉군은 그야말로 끝장이다."

"어째서 그렇습니까, 승상?"

마속이 고개를 갸웃거리며 물었다.

"가정은 양평관과 이어지는 길로 우리의 식량 보급로다. 가정을 빼앗기면 식량을 수송할 수 없게 되고, 그렇게 되면 우리는 모두 굶어 죽게 된다."

그러자 마속이 서슴없이 대답했다.

"저를 가정으로 보내 주십시오. 다가오는 적을 모조리 깨뜨리겠습니다."

공명은 고개를 저었다.

"적장은 사마의며 그 선봉은 명장 장합이다. 가정에 우리 촉군의 운명이 걸린 만큼 쉽게 생각할 일이 아니다. 하지만 반대로 가정을 지키면 능히 낙양으로 밀고 들어가 위나라를 무너 뜨릴 수 있다."

마속이 결연한 목소리로 청했다.

"가정을 지키지 못하면 제 목을 바치겠습니다."

마속은 마량의 동생이었다. 마량은 유비가 죽은 직후 병으로 죽었다. 마량과 친구처럼 지내던 공명은 그날 이후 마속을 데려다가 아들처럼 대했다. 마속 또한 공명을 친아버지처럼 생각해 온 터였다.

"그렇다면 목숨을 다해 가정을 사수하라! 나는 남은 군사를 이끌고 장안을 향해 진군할 것이다."

마침내 공명은 마속이 가정으로 가는 것을 허락했다. 선제 유비가 죽기 전에 문득 했던 유언은 까맣게 잊은 채였다. 유비는 죽으며 마속에게 중요한 임무를 맡기지 말라고 유언했다.

마속은 즉시 2만 5천 군마를 거느리고 가정으로 떠났다. 마속이 떠나자 공명은 왠지 불길한 예감에 사로잡혔다. 공명은 다음 날 위연과 고상을 불러 각각 1만 군사를 주고 가정 인근에서 마속을 돕게 했다. 그것도 모자라 조자룡과 등지를 불러 사마의의 동태를 살피게 했다.

가정에 도착한 마속은 그곳 지형을 세밀하게 살폈다. 공명의 신신당부가 떠올랐기 때문이다. 정찰을 끝낸 마속은 껄껄 웃으며 소리쳤다.

"이곳은 천혜의 요새다. 제 아무리 사마의라 해도 이곳을 뚫지는 못할 것이다."

마속은 높은 산 위에 진을 치고 방어 준비를 했다. 그러자 같이 갔던 부장 왕평이 건의했다.

"이곳에는 물이 한 방울도 나지 않습니다. 산 위에 진을 쳤다가 혹시나 적에게 포위라도 되는 날엔 모두 끝장이지요. 속히 산을 버리고 나무를 베어 길을 막으십시오. 나무로 높은 목책을 쌓고 적을 맞으면 개미 새끼 하나 이곳을 통과하지 못할 것입니다."

그러자 마속은 화를 벌컥 냈다.

"병법 책에도 높은 곳에서 낮은 곳을 보며 싸우라고 나와 있소."

왕평은 할 수 없이 군사 5천을 따로 떼어 산 밑에 진을 쳤다. 그리고 사람을 보내 공명에게 이와 같은 사실을 알렸다.

"앗! 큰일 났구나. 마속으로 인해 모든 계획이 수포로 돌아갔구나."

공명은 주먹으로 탁자를 내리치며 소리쳤다.

"산 위에 진을 치면 물이 떨어져 싸울 수 없게 된다. 속히 산을 내려와 길을 막게 하라."

공명은 급히 전령을 떠나보냈다.

한편 촉군을 정탐한 사마의는 뛸 듯이 기뻐했다. 촉군이 산 위에 진을 쳤기 때문이다. 사마의는 장합으로 하여금 산 밑에 진을 친 왕평을 막게 했다. 그리고 남은 군사들로 산을 포위했다.

적이 산을 포위하자 마속은 공격 명령을 내렸다. 그러나 위군은 제자리만 지킬 뿐 꼼짝도 하지 않았다. 며칠이 지나도 그런 상태는 계속되었다. 산꼭대기에 갇힌 촉군은 점점 초조해지기 시작했다. 가장 큰 문제는 밥을 해 먹을 수 있는 물이 없다는 것이었다.

목이 마르자 군사들은 하나 둘 지쳐 쓰러졌다. 밤을 틈타 도망가는 군사도 수백 명씩 생겨났다. 마속은 군사를 휘몰아 산을 내려왔다. 사마의는 길을 열어 주는 척하며 촉군을 차례대로 쳐부수었다. 촉군은 철저하게 궤멸되었다. 마속을 구원하러 오던 왕평도 장합을 만나 크게 패했다. 뒤늦게 달려온 위연도 조조의 대군을 당해내지 못하고 양평관으로 도망쳤다.

가정을 무너뜨린 사마의는 내친김에 주변에 있던 열류성까지 빼앗았다. 순식간에 전세가 역전돼 버린 것이다. 사마의는

15만 대군을 몰고 촉의 본진을 공격했다. 공명 곁에는 겨우 몇 천 명의 군사가 남아 있을 뿐이었다.

자칫하면 남은 군사가 전멸할 수 있는 상황이었다. 공명은 한 가지 꾀를 내어 군사들에게 성문을 활짝 열게 했다. 그런 다음 공명은 거문고를 들고 성루로 올라갔다.

사마의가 대군을 이끌고 도착한 것은 그 무렵이었다. 사마의가 고개를 들어 바라보니 공명은 성루에 앉아 태연하게 거문고를 뜯고 있었다. 더구나 모든 성문이 활짝 열린 상태였다.

"공명이 군사를 숨기고 우리를 유인하고 있구나. 즉시 후퇴하라!"

사마의는 겁을 집어먹고 군사를 수십 리 뒤로 물렸다. 거문고 하나로 15만 대군을 물리치는 순간이었다. 적이 물러간 틈을 타 공명은 군사를 이끌고 신속하게 한중으로 돌아왔다.

94. 후 출사표, 진창성을 공략하라

한중으로 돌아온 공명 앞에 마속이 나타났다. 마속은 자신의 몸을 새끼줄로 꽁꽁 묶은 뒤 머리를 조아렸다.

"제가 어리석어 사마의를 얕보았고 가정을 빼앗겼습니다. 죄를 벌하여 주십시오."

공명은 침통한 얼굴로 마속을 노려보았다.

"네가 가정을 지켰으면 장안도 얻을 수 있는 싸움이었다. 신중하게 싸우라고 그렇게 당부했거늘 어찌하여 물 한 방울 나지 않는 산 위에 진을 쳤느냐? 싸움에 지면 목을 바치기로 했으니 그대로 시행하겠다!"

마속은 눈물을 흘리며 말했다.

"승상께서는 저를 자식처럼 돌보아 주셨고 저 역시 승상을 아버지처럼 따랐습니다. 약속을 지키지 못했으니 어찌 살기를 바라겠습니까?"

공명 또한 눈물을 흘렸다.

"맞다. 너는 내 아들과 같은 존재였다. 하지만 내 아들이라고 해서 잘못을 덮어 둘 수는 없다."

공명은 군사들에게 명을 내려 마속의 목을 베게 했다. 마속은 황제가 있는 성도를 향하여 세 번 절한 뒤 칼을 받았다. 마속이 죽자 공명이 여러 장수들을 불러 놓고 말했다.

"이번 전쟁에서 우리는 병력과 무기, 군사의 조련도 등 모든 면에서 위군을 능가했다. 그러나 싸움에 졌다. 그 이유는 가정 땅을 지키지 못했기 때문이다. 부하들을 제대로 부리지 못한 내게도 책임이 있다. 이제 그 죄를 받을까 한다."

공명은 황제에게 편지를 보내 벌을 내려 달라고 청했다. 유선은 그 청을 받아들여 공명의 계급을 승상에서 우장군으로 낮췄다.

"조만간 다시 위나라를 공격할 것이다. 군사들은 창칼을 높이 들고 훈련에 임하라!"

스스로 계급을 낮춘 공명은 군사를 맹훈련 시키며 때를 기다렸다. 기회는 의외로 빨리 찾아왔다. 그해 가을 위나라와 오나라 사이에 큰 전쟁이 벌어졌다. 오나라 파양군 태수인 주방이 계책을 써서 위군을 유인했던 것이다. 위나라는 조휴를 대장군에 임명하여 오나라를 공격했다. 하지만 오나라엔 맹장 육손이 있었다. 육손은 위나라 대군을 석정으로 유인하고 차례로 무찔렀다.

이와 같은 소식은 전령에 의해 촉에 전해졌다. 공명은 다시 출사표를 올리고 10만 대군을 일으켰다. 말은 살찌고 식량도 넉넉했다. 군사들의 사기 또한 하늘을 찔렀다. 공명은 부장들을 막사로 불러들였다.

"이번에야말로 위를 무너뜨리자!"

공명이 엄숙하게 말했다. 부장들은 일제히 충성을 맹세했다. 출발 전날 공명은 성대히 잔치를 베풀어 군사들을 위로했다. 그때 한 줄기 강한 바람이 동북 방향에서 불어왔다. 공명은 순간 불길한 기분에 사로잡혔다. 아니나 다를까, 정원에 있던 소나무 한 그루가 바람에 쿵 쓰러졌다.

"아, 큰일 났구나. 촉의 위대한 대장 한 사람을 잃을 징조로다."

공명의 말이 채 끝나기도 전에 조자룡의 두 아들이 공명을 찾아왔다. 조자룡의 장남 조통과 둘째 조광이었다. 두 사람을 보자 공명은 들고 있던 술잔을 팽개치며 물었다.

"자, 자룡이 떠났는가……."

1차 북벌을 끝내고 돌아온 조자룡은 병을 얻어 자리에 누워 있었다. 그러다가 병이 깊어 지난 밤 세상을 떠난 것이었다.

조자룡이 죽었다는 소식은 곧 황제가 있는 성도에 전해졌다. 황제 유선은 음식을 입에 대지 않고 며칠 동안 통곡했다.

"자룡 장군이 아니었으면 오늘날 나도 없었을 것이다."

유선은 지난 날 조자룡이 장판파에서 자신을 구했던 일을 떠올렸다. 그때 조자룡은 유선을 갑옷 속에 넣고 조조의 백만 대군을 뚫고 나왔다. 조조조차 그 모습을 보고 감탄해 마지않았었다.

조자룡은 관우, 장비와 더불어 가장 공을 많이 세운 원로 장군이었다. 또한 수십 년 전쟁터를 누비며 단 한 차례도 싸움에 패한 적이 없는 맹장이었다. 때문에 조자룡을 잃은 촉나라는 한동안 긴 슬픔에 휩싸였다.

조자룡의 장례가 끝나자 마침내 공명은 군사를 일으켰다.

공명이 첫 번째 목표로 정한 곳은 진창성이었다. 진창은 한중과 장안의 중간 지점에 위치한 성이었다. 진창을 빼앗으면 곧장 장안을 넘볼 수 있었다.

진창성을 지키던 위나라 장수는 학소였다. 학소는 촉군이 몰려온다는 소식을 듣자 칼을 빼 들고 소리쳤다.

"도랑을 파고 성을 높여라! 죽기로 싸우면 이길 것이요, 두려워 물러나면 죽을 것이다."

학소가 거느린 군사는 겨우 3천 명이었다. 학소는 조정으로 전령을 보내 구원을 요청하는 한편, 성문을 굳게 닫아걸었다.

촉군의 선봉은 위연이었다. 위연은 군사를 이끌고 성을 사방에서 포위했다. 사흘 밤낮으로 치열한 싸움이 벌어졌다. 그러나 성은 끄떡도 하지 않았다.

그때 신하인 근상이 공명을 찾아왔다.

"진창성을 지키는 학소는 제 친구입니다. 제가 가서 학소를 설득하여 항복하게 하겠습니다."

공명은 기뻐하며 그를 성 안으로 들여보냈다. 그러나 학소의 반응은 냉담했다.

"나는 위나라 신하다. 어찌 촉에 항복할 수 있단 말이냐? 당장 나가지 않으면 목을 베리라!"

학소는 호통치며 근상을 쫓아냈다.

"성을 빼앗지 못하면 곧 적의 지원군이 올 것이다. 그렇게 되는 날엔 모든 게 끝장이다."

다음 날 공명은 몸소 군사를 이끌고 진창성을 포위했다. 촉군은 파도처럼 성벽으로 밀려갔다. 사다리차 수백 대가 성벽에 기대졌다. 촉군은 용감하게 사다리를 기어올랐다. 이것을 본 학소는 군사들에게 일제히 불화살을 쏘게 했다. 수백, 수천 개의 불화살이 휙휙, 허공을 갈랐다. 사다리차마다 불이 옮겨붙었다. 사다리에 타고 있던 군사들은 대부분 불에 타 죽었다.

"좋다! 이번엔 성을 무너뜨려 주마!"

공명은 밤을 새워 군사들에게 충차를 만들게 했다. 충차는 수레 앞에 쇠를 달아 성벽을 무너뜨리는 기구였다. 날이 밝자 촉군은 충차를 앞세워 북을 치며 돌격했다. 돌진하던 충차는 그대로 성벽을 들이받았다. 단단한 성벽에 금이 가기 시작했다. 그것을 본 학소는 군사들을 시켜 무거운 바위를 운반해 오게 했다. 충차가 성벽에 다가왔을 때 바위가 충차를 덮쳤다.

우지끈!

픽!

굉음이 천지를 진동했다. 무거운 바위에 맞아 충차는 그대로 박살이 나고 말았다. 충차 속에 들어가 있던 촉군들은 몸이 깨진 채 그 자리에서 죽었다.

"학소는 지혜로운 장수로다. 하지만 이번엔 어림없다!"

작전이 연이어 실패하자 공명은 다른 계책을 세웠다. 날이 어두워지자 공명은 요화에게 군사 3천을 주고 명령했다.

"밤마다 땅 속으로 굴을 파라! 땅굴을 판 뒤 성 안으로 들어간다!"

하지만 땅굴 작전 또한 보기 좋게 실패로 돌아갔다. 학소가 큰 바위로 굴을 막아 버렸기 때문이다.

한 달이 지났지만 진창성은 끄떡도 하지 않았다.

"진창성은 참으로 난공불락이군. 내 나이도 어느덧 쉰, 큰일이구나. 이번 기회를 놓치면 언제 또다시 위를 공략할 수 있으리오."

공명은 연일 탄식했다. 불과 3천의 군사를 가진 작은 성에서 시간을 끌고 있었기 때문이다. 공명으로서는 일찍이 경험해 보지 못한 싸움이었다.

그때 공명이 우려하던 일이 현실로 발생했다.

"적의 구원병이 오고 있습니다."

정찰 나간 군사가 헐레벌떡 달려와 보고했다.

진창이 위험에 처하자 조예는 대장군 조진에게 15만 대군을 주고 촉군을 막게 했다. 조진은 맹장 왕쌍을 선봉에 세우고 진창으로 달려왔다. 왕쌍은 키가 9척이나 되는 거인이었다. 곰처럼 두꺼운 허리에 호랑이 어깨를 하고 있었으며 60근이나 되는 유성추라는 무기를 휘둘렀다. 유성추는 밧줄 양쪽 끝에 쇠뭉치가 달린 무기로 던져서 적을 강타하는 무기였다.

공명은 포위를 풀고 20리 뒤로 군사를 물렸다. 그리고 부장 사웅과 공기에게 6천 군사를 주어 왕쌍을 깨뜨리게 했다. 그런데 채 반나절도 안 돼 놀라운 소식이 전해졌다.

"사웅 장군이 왕쌍과 싸워 목이 떨어졌습니다."

잠시 후 또 다른 군사가 달려와 보고했다.

"공기 장군이 불과 3합 만에 목숨을 잃었습니다."

소식을 전해 들은 촉군은 두려움에 몸을 떨었다.

"아, 자룡이 살아 있었다면 어찌 왕쌍 따위를 두려워하리요."

공명은 짐짓 하늘을 보며 탄식했다. 그 소리를 들은 위연이 번개같이 뛰쳐나왔다.

"승상은 어찌하여 이 위연을 잊고 계십니까?"

위연은 서운한 마음을 감추지 않고 거칠게 숨을 몰아쉬었다.

"좋소. 그렇다면 가서 왕쌍의 목을 가져오시오."

공명의 말이 끝나기도 전에 위연은 바람같이 달려 나갔다.

한편 사웅과 공기의 목을 벤 왕쌍은 신이 나서 떠들었다.

"누가 내 앞을 막을쏘냐?"

왕쌍은 군사를 다그치며 촉군 진지로 말을 몰았다.

"여기 위연이 있다!"

그때 먼지를 자욱이 일으키며 한 장수가 왕쌍을 향해 달려왔다. 위연을 보자 왕쌍은 유성추를 빙글빙글 돌리다가 휙 집어던졌다. 유성추가 무서운 속도로 날아와 위연을 휘감았다. 위연은 칼을 들어 유성추를 쳐 낸 뒤 소리쳤다.

"유성추 따위로 감히 위연을 죽일 수 있겠느냐?"

위연의 말이 채 끝나기도 전에 왕쌍의 머리가 말 아래로 굴렀다. 왕쌍이 한 칼에 죽자 위군은 싸울 기력을 잃고 우왕좌왕 흩어졌다. 위연은 칼을 들어 닥치는 대로 위군의 목을 베었다. 뒤이어 공명의 명을 받은 촉군이 달려왔다. 촉군은 왕쌍의 선봉군을 깨뜨리고 조진이 이끄는 본진으로 몰려갔다. 조진은 크게 패해 수십 리 뒤로 군사를 물렸다.

그날 이후 위군은 쉽게 싸움에 나오지 않았다. 조진은 곽희, 손례, 장합 등에게 군사를 주어 장안 일대를 지키게 했다. 싸움이 길어지자 공명도 군사를 뒤로 물렸다. 진창성에서 시간을 끄는 바람에 식량이 바닥났기 때문이다.

그때 뜻밖의 소식이 촉군에 날아들었다. 진창성을 지키던 학소가 중병에 걸렸다는 내용이었다.

"드디어 성을 뺏을 때가 되었다!"

공명은 위연과 강유에게 5천 군사를 주어 진창으로 보냈다. 관흥과 장포에게도 5천 군사를 주어 싸움을 돕게 했다. 학소가 없는 진창성은 허수아비나 다름없었다. 촉군은 불을 지르고 일제히 성벽을 기어올랐다. 진창성은 오래지 않아 촉군에 함락되었다. 병석에 누워 있던 학소는 촉군이 왔다는 소식을 듣자 피를 토하고 죽었다.

진창을 함락한 공명은 위나라 땅인 기산으로 나아가 진을 쳤다. 또한 강유와 왕평에게 각각 1만 군사를 주어 무도와 음평 땅을 공격하게 했다. 오래 지나지 않아 무도와 음평이 촉군의 손아귀에 떨어졌다.

공명은 군사를 나누어 점령한 땅을 지키게 하고 한중으로 돌아왔다. 식량이 바닥나 더는 작전을 수행할 수 없었기 때문이다. 승리 소식을 전해 들은 황제는 칙사를 보내 군사들을 위로했다. 아울러 공명의 직위를 승상으로 높이고 다른 장수들에게도 상을 내렸다.

95. 3차 북벌, 장마 속의 공방전

촉과 위가 전쟁을 벌이는 사이 오나라에는 경사스런 일이 있었다. 오나라 왕이었던 손권이 스스로 황제의 자리에 오른 것이었다. 손권은 맏아들 손등을 황태자의 자리에 앉히고 연호를 황룡으로 고쳤다.

황제가 된 손권은 사신을 촉으로 보내 그 사실을 알렸다. 유선은 손권에게 축하 사신을 보내 함께 위나라를 치자고 제안했다. 손권은 그 제안을 수락하여 군사를 일으킬 것을 약속했다. 촉군이 장안을 빼앗으면 자신들은 낙양을 공략할 생각이었다. 촉나라 유선이 황제가 된 지 8년째 되던 해의 일이었다.

그때 뜻밖의 소문이 촉나라로 날아들었다. 위나라가 대군을 일으켜 촉으로 쳐들어온다는 내용이었다. 대장군 조진과 사마의가 이끄는 40만 대군은 그때 이미 한중 근처에 이르러 있었다.

소식을 들은 공명은 부장 왕평과 장의를 불러 명령했다.

"두 사람은 각각 1천 기를 이끌고 진창으로 달려가 적을 막아라!"

명령을 받은 두 장수는 얼굴색이 하얗게 변했다.

"적군이 40만이나 되는데 고작 천 명의 군사로 어떻게 적을 막는단 말입니까?"

왕평의 말에 공명은 빙그레 웃었다.

"다 생각이 있으니 그대로 시행하라. 설령 싸움에 진다 해도 벌을 내리지 않으리라."

이번에는 장의가 애원하듯 말했다.

"승상께서는 저희 두 사람을 죽게 만들 생각이시군요? 그냥 차라리 이 자리에서 죽여 주십시오."

공명은 빙그레 웃고 대답했다.

"이번 달에 틀림없이 큰비가 쏟아질 것이다. 따라서 한 달만 기다리면 적은 큰 피해를 입고 후퇴할 것이다. 그때 군사를 일으켜 적을 칠 생각이다. 너희들은 아무 걱정하지 말고 진창으로 나가 지키는 시늉만 하라."

두 사람은 그제야 고개를 끄덕이고 물러갔다.

한편 밤낮없이 달려온 위군은 마침내 진창성에 이르렀다. 그러나 진창성은 텅 비어 있었다. 비가 올 것을 예상한 공명이 군사를 후퇴시킨 것이었다. 아니나 다를까. 갑자기 하늘에서 비가 내리기 시작했다.

"멈춰라!"

조진과 사마의는 행군을 멈추고 군사들에게 비를 피하게 했다. 비는 다음 날도, 그 다음 날도 쉬지 않고 내렸다. 비는 갈수록 거세졌다. 마치 하늘에 구멍이라도 뚫린 듯했다. 연일 장대 같은 비가 쏟아졌다. 많은 군사들이 물에 떠내려갔다. 식량이 비에 젖고 말들이 놀라 울부짖었다. 조진과 사마의는 급히 군사들을 높은 곳으로 이동시켰다. 이미 많은 군사와 식량을 잃은 뒤였다.

비는 그 상태로 한 달 내내 계속되었다. 견디다 못한 조진이 사마의를 찾아와 물었다.

"비가 그치지 않으니 싸우기도 전에 모두 죽게 생겼소. 이를 어찌하면 좋겠소?"

사마의가 얼굴을 찡그리며 대답했다.

"이 상태로 가만히 앉아 기다리는 촉군을 당해낼 수는 없습니다. 군사를 거두어 돌아가는 게 좋겠습니다."

그때 장안에서 전령이 도착했다. 황제 조예가 보낸 전령이었다.

"지금 즉시 군사를 돌려 회군하시랍니다."

전령이 빗물을 닦으며 말했다.

생각에 잠겼던 사마의가 한숨을 쉬며 말했다.

"공명은 우리가 후퇴하기만을 기다리고 있을 것입니다. 매복군을 내어 촉군의 기습에 대비하십시오."

그러나 조진은 고개를 흔들었다.

"폭우로 인해 촉군 역시 큰 피해를 입었을 것이오. 길이 무너지고 다리가 끊어졌는데 촉군이 어디로 온다는 말이오?"

"그렇지 않습니다. 날씨가 맑아지면 공명은 반드시 기곡과 사곡, 두 곳으로 군사를 보낼 것입니다. 지금 즉시 군사를 보내 기곡과 사곡에 매복시켜 두십시오."

그러나 조진은 듣지 않았다.

"한시가 급한데 공연히 헛수고를 할 이유가 없소이다."

사마의는 애가 탔다.

"적은 틀림없이 올 것입니다. 기곡과 사곡에 군사를 보내 매복시키고 열흘 안에 촉군이 오지 않으면 제 목을 베십시오."

목숨을 담보로 한 의견이었다. 사마의가 그렇게 나오자 조진으로서는 듣지 않을 수 없었다.

"음, 만약 촉군이 열흘 안에 나타나면 나는 폐하께서 하사하신 옥대와 말 한 필을 그대에게 주겠소."

두 장군은 흔쾌히 내기에 동의했다. 날이 어두워지자 조진은 기산 서쪽 야곡으로 떠났다. 사마의 역시 군사를 이끌고 기산 동쪽 기곡으로 향했다.

그 시각 공명은 부장들을 불러 놓고 바삐 명령했다.

"곧 적이 물러갈 것이다. 그대들은 군사를 이끌고 달려가 속히 기산을 점령하라. 하지만 명심할 것이 있다. 기산을 점령한 후에는 군사를 앞으로 내지 마라."

공명은 위연, 장의, 진식에게는 기곡을, 마대, 왕평, 장익, 마충 등에게는 야곡을 점령하게 했다. 군사가 두 갈래로 떠나자 공명은 관흥과 요화를 선봉으로 삼아 급히 그 뒤를 따랐다.

기곡으로 달리던 위연과 진식은 공을 세우고 싶은 욕심에 사로잡혔다. 앞서 달리던 진식이 말했다.

"위군들은 오랜 장마로 몹시 지쳐 있을 것이오. 기산을 점령할 게 아니라 그대로 위군을 뒤쫓읍시다."

위연도 같은 생각이었다.

"승상은 매사에 너무 조심하는 게 탈이오. 하지만 매복이 있을지 모르니 조심해야 할 것이오."

진식은 더욱 우쭐해졌다.

"나는 따로 5천 군사를 거느리고 기곡을 지나쳐 적을 추격하겠소."

말이 끝나자 진식은 5천 기를 이끌고 먼저 계곡을 달려 내려갔다. 기곡에 도착해 보니 위군은 그림자도 보이지 않았다. 진식은 말에 채찍을 가하며 앞장서 계곡을 빠져나갔다. 바로 그때였다. 함성이 일며 사방에서 위군이 쏟아져 나왔다. 사마의가 이끌던 매복군이었다. 진식은 5천 군사를 대부분 잃고 허겁지겁 도망쳤다.

"진식이 어리석은 마속의 뒤를 밟는구나."

소식을 전해 들은 공명은 쓸쓸하게 웃었다.

공명은 왕평과 마대를 불러 명령했다.

"적이 기곡에 매복했다면 야곡에도 분명 매복군이 있을 것이다. 그대들은 야곡의 왼편으로 살며시 돌아가라."

이번에는 마충과 장익을 불러 명령했다.

"두 장수는 야곡의 오른편으로 돌아가라. 나는 중앙으로 나아갈 것이다. 위군이 우리를 공격하면 그것을 신호로 양편에서 적을 공격하라."

적의 매복군을 역으로 포위하겠다는 작전이었다. 계획은 예상대로 진행되었다.

"너희들은 포위됐다!"

촉군이 야곡으로 들어서자 위군은 북을 울리며 소리를 질렀다. 그러나 전세는 금방 역전되었다. 함성과 함께 계곡 좌우에서 촉군이 달려나왔다. 위군은 어리둥절한 채 서로를 쳐다보았다. 그것도 잠시, 화살이 수도 없이 날아들었다. 화살이 뜸해지자 이번에는 창을 든 촉군이 줄을 지어 달려들었다.

"아차! 내가 속았구나."

조진은 여러 장수들의 호위를 받으며 동쪽으로 도망쳤다. 대장이 도망치자 위군은 앞 다투어 달아났다. 계곡이 피에 젖고 말들이 제멋대로 날뛰었다. 겨우 수십 명만이 조진을 따를 뿐이었다. 그들이 막 산모롱이를 돌아갔을 때였다. 갑자기 맞은편에서 한 떼의 군마가 달려왔다.

"이젠 꼼짝없이 죽었구나."

조진은 하늘을 쳐다보며 탄식했다. 그러나 달려온 군사들은
뜻밖에도 위군이었다. 기곡에 있던 사마의가 군사를 이끌고
구원을 나온 것이었다. 사마의가 대군을 이끌고 달려오자 공
명은 군사를 거두어 돌아갔다.

사마의 역시 군사를 거두었다. 내기에 지고 싸움에 패한 조진
은 병이 들어 죽고 말았다. 조진이 죽자 사마의는 이를 갈았다.

"내 반드시 공명의 시체를 눈으로 확인하리라."

사마의는 후퇴하려던 계획을 바꾸어 위수 인근에 진을 쳤
다. 공명도 군사를 수습하여 위수로 나아갔다. 양쪽 군대는 벌
판을 사이에 두고 마주보며 진을 쳤다. 촉군이 다가오자 사마
의가 말을 타고 달려 나왔다.

"이제야 공명을 만났구나. 오냐, 누구의 지혜가 뛰어난지 어
디 겨뤄 보자."

사마의를 보자 공명도 말을 타고 달려 나왔다.

"장수로 겨뤄 볼 생각이냐? 아니면 진법으로 싸울 테냐?"

"먼저 진법으로 겨뤄 보자!"

"그렇다면 어디 먼저 진을 펼쳐 보여라!"

사마의가 손을 들어 신호를 보냈다. 그러자 위군은 사방으

로 움직이며 진을 만들었다. 공명이 껄껄 웃고 대답했다.

"그건 일기진이 아닌가? 그런 진법은 눈감고도 깰 수 있다."

사마의가 약이 올라 소리쳤다.

"그렇다면 네가 진을 펼쳐 보여라!"

공명이 부채를 들어 신호를 보냈다. 그러자 촉군도 좌우로 움직여 진을 만들었다. 사마의는 코웃음을 쳤다.

"그건 팔괘진이 아니냐? 그따위 진은 눈감고도 깰 수 있다."

공명이 사마의를 은근히 부추겼다.

"그렇다면 어디 깨 보아라!"

화가 치민 사마의는 장호, 대릉, 약침, 세 장수를 불러 명령했다.

"팔괘진에는 각각 여덟 개의 문이 있다. 너희 셋은 각각 날랜 군사 30명을 이끌고 생문으로 들어가 서남의 휴문으로 나간 후 다시 북쪽의 개문으로 밀고 들어가라. 그러면 틀림없이 진을 깨뜨릴 수 있을 것이다."

명령을 받은 세 장수는 군사를 이끌고 팔괘진 속으로 뛰어들었다. 그러나 사마의가 말한 문은 존재하지 않았다. 팔괘진은 변화를 일으키며 시시각각 위군을 압박했다. 마침내 위군은 모조리 촉군에게 사로잡혔다.

공명은 그들의 무기를 빼앗고 모조리 옷을 벗겼다.

"너희들을 살려주겠다. 사마의에게 돌아가 전해라. 책을 더 읽고 나와 대적하라고 말이다."

사로잡혔던 위군은 벌거숭이가 되어 벌판을 가로질렀다. 그들을 보자 사마의는 화를 참지 못했다.

"공격하라! 촉군을 모조리 쓸어버려라!"

사마의는 칼을 높이 빼 들고 미친 듯 소리쳤다. 위나라 군사들은 함성을 지르며 촉군을 향해 달려 나갔다. 촉군은 침착하게 화살을 겨누고 위군이 다가오기를 기다렸다. 그때 돌연 위군 뒤에서 한 떼의 군사가 나타났다. 관흥이 이끄는 촉군이었다. 그뿐만이 아니었다. 북이 울리며 옆쪽에서도 강유의 촉군이 쏟아져 나왔다.

"앗! 공명의 잔꾀에 내가 속았다!"

사마의는 기겁을 하고 후퇴 명령을 내렸다. 그러나 이미 때가 늦은 뒤였다. 반이나 되는 군사가 무참히 촉군의 창칼에 쓰러졌다. 사마의는 패잔병을 거두어 황급히 위수 남쪽으로 후퇴했다.

그날 밤 사마의는 길게 탄식했다.

"아무래도 공명을 당할 수 없구나……."

후퇴하자니 공명이 장안으로 쳐들어올 것이고 싸우자니 공명을 당할 방법이 없었다. 사마의는 마침내 한 가지 기가 막힌 꾀를 생각해 냈다.

다음 날 사마의는 촉나라 출신의 투항자인 구한을 불러 명령했다.

"너는 지금 즉시 성도로 숨어 들어가라. 그런 뒤 내시들을 만나 공명이 황제의 자리를 노린다고 퍼뜨려라."

작전은 보기 좋게 성공했다. 내시들은 구한의 말을 그대로 믿고 황제 유선을 찾아가 아뢰었다.

"승상이 황제의 자리를 넘본다 합니다."

황제 유선은 그 말을 듣자 몸을 떨었다.

"서, 설마 승상이 그럴 리가 있겠는가……."

내시들이 간사하게 속삭였다.

"사람의 일은 알 수 없습니다. 속히 성도로 불러들여 자세한 내막을 알아보십시오."

유선은 편지를 써서 전령을 공명에게 보냈다. 편지를 받은 공명은 땅을 치며 통곡했다.

"장안을 눈앞에 두고 후퇴라니, 하늘이 우리 촉을 버리는구나. 폐하께서는 어찌하여 간신들의 말만 믿고 이런 영을 내리

셨을까."

공명은 부장들을 불러 즉시 후퇴 명령을 내렸다. 부장들이 이구동성으로 물었다.

"모처럼 좋은 기회를 맞았는데 어찌 군사를 물린단 말입니까?"

공명이 단호하게 대답했다.

"군사를 물리지 않으면 정말로 반란이 되고 마는 법이네. 설령 잘못된 명령일지라도 황제 폐하의 명령을 어겨서는 안 되는 법일세."

96. 4차 북벌, 어이없는 후퇴

성도로 돌아온 공명은 명을 내려 내시들을 모조리 잡아들였다. 그러나 구한은 이미 위나라로 도망친 뒤였다. 한중으로 돌아간 공명은 다시 군사를 일으켰다. 건흥 9년 봄의 일이었다.

촉군이 경계를 넘어오자 사마의는 군사를 거느리고 마주 나왔다. 그때 촉군은 기산 땅에 이르러 있었다. 사마의는 장합에게 4만 군사를 주어 기산으로 가게 했다. 장합을 보자 공명은 왕평, 장의, 오반 등의 장수를 기산에 남겨 두고 농상으로 진군했다. 공명이 농상으로 나아가자 사마의도 군사를 이끌고 농상으로 달려왔다.

사마의를 보자 공명은 크게 놀랐다.

"내가 농상으로 온 것은 적의 보리를 베기 위해서다. 그런데 사마의는 이미 내 마음을 읽고 있었구나."

공명은 우선 잘 익은 보리를 베어 식량을 확보할 생각이었다. 때문에 기산에 머무는 척하면서 농성으로 군사를 빼낸 것이었다. 하지만 사마의는 손바닥 들여다보듯 촉군의 움직임을 알고 있었다.

"그래도 우리는 보리를 베어 갈 것이다. 우리가 보리를 베어 버리면 적은 식량이 떨어져 싸울 수 없게 된다."

공명은 무슨 생각을 했는지 수레 세 대를 끌어오게 했다. 그리고 위연과 마대, 강유에게 각각 하얀 옷을 입히고 부채를 들게 했다. 멀리서 보면 감쪽같이 공명과 닮은 모습이었다. 공명은 그들을 각각의 수레에 오르게 했다. 그리고 맨발에 머리를 풀어헤친 스물네 명의 군사로 하여금 수레를 밀게 했다.

"보리를 베러 가자!"

준비가 끝나자 공명이 명을 내렸다. 낫을 든 3만 군사가 조용히 수레 뒤를 따랐다. 때마침 사방으로 안개가 음산하게 피어올랐다. 보리밭을 지키던 위군은 그 모양을 보자 깜짝 놀랐다.

"앗! 귀신이다!"

군사들은 겁에 질린 얼굴로 사마의에게 달려갔다.

"머리를 풀어헤친 군사들이 수레를 밀며 오고 있습니다."

군사들은 금방 자신이 본 것을 보고했다.

"공명이 요술을 부리는 모양이구나. 속지 마라!"

사마의는 군사 2천을 보내 귀신 복장의 촉군을 잡아오게 했다. 명령을 받은 위군은 말에 채찍을 가하며 달려 나갔다. 위군을 보자 수레는 급히 방향을 바꿔 달아나기 시작했다. 그런데 이상한 일이었다. 아무리 뒤를 쫓아도 수레는 일정한 거리를 유지하고 달아났다.

"참으로 이상하다. 어찌하여 수레는 항상 그 자리인가?"

위군들은 수레 쫓는 것을 단념하고 말을 멈췄다. 바로 그때였다. 저 멀리 앞쪽으로 사라졌던 수레가 이번에는 뒤쪽에서 모습을 드러냈다.

"앗! 이게 어떻게 된 일인가?"

위군은 급히 박차를 가해 수레를 쫓았다. 그러자 수레는 이번에도 감쪽같이 모습을 감췄다. 소식을 들은 사마의는 몸소 군사를 이끌고 달려 나왔다.

"쫓아라, 모두 사로잡아라!"

사마의가 앞에서 군사를 이끌 때였다. 돌연 북소리가 울리며 한 떼의 군사가 달려왔다. 자세히 보니 맨 앞에 한 채의 수레가 있었다.

수레 위에는 하얀 옷을 입은 공명이 단정히 앉아 있었다. 뿐만 아니었다. 서쪽에서도 북이 울리며 한 떼의 군사가 나타났다. 그런데 그곳에도 공명이 수레를 타고 있었다. 남쪽과 북쪽도 마찬가지였다. 사방에서 네 명의 공명이 각각 수레를 타고 나타났다. 사마의는 기절할 뻔했다.

"음, 이게 어떻게 된 일이냐?"

사마의는 허둥거리며 달아났다. 사마의가 도망치자 군사들도 무기를 내던지고 달아나기 바빴다. 그들이 허겁지겁 산길을 돌아갈 때였다. 북이 울리며 저만치 앞에서 수레 한 대가 다가왔다. 놀랍게도 수레 안에 타고 있는 사람은 공명이었다.

"귀, 귀신이다!"

사마의는 자신도 모르게 비명을 질렀다. 사마의는 남은 군사를 이끌고 급히 상규성으로 도망쳤다. 그 틈을 노려 공명은 군사들에게 보리를 베게 했다. 저녁이 되자 들판의 보리를 모두 수확할 수 있었다. 공명은 벤 보리를 노성으로 운반한 뒤

타작하게 했다.

　한편 상규성에 갇힌 사마의는 이를 갈았다. 군사를 태반이나 잃고 보리까지 빼앗긴 마당이었다. 사마의는 군사를 보내 공명이 무엇을 하는지 알아보게 했다.

　"공명은 노성에서 보리를 타작하고 있습니다."

　달려온 군사가 보고했다. 사마의는 회심의 미소를 지었다.

　"촉군은 보리를 터느라 정신이 없을 것이다. 오늘 밤 기습 공격하여 공명을 사로잡아야겠다."

　그러나 공명은 이미 사마의의 생각을 꿰뚫고 있었다.

　"오늘 밤 틀림없이 적이 기습해 올 것이다."

　공명이 부장들을 불러 놓고 말했다. 공명은 강유와 위연에게 군사 2천을 주어 동남쪽에 숨어 있게 했다. 마대와 마충에게도 군사를 주어 서북쪽에 숨어 있게 했다.

　밤이 되었다. 아무것도 모르는 사마의는 모든 군사를 휘몰아 노성으로 향했다. 그들이 계곡 밑을 지날 때였다. 갑자기 함성이 울리며 촉군이 벌떼처럼 쏟아져 나왔다. 뿐만 아니었다. 갑자기 노성문이 활짝 열리며 안에 있던 촉군이 창을 세우고 달려 나왔다. 위군은 수많은 시체를 버려둔 채 썰물처럼 빠져나갔다.

상규성으로 돌아온 사마의는 급히 구원병을 요청했다. 며칠 뒤 손례가 후방에 있던 군사를 거느리고 달려왔다. 사마의는 성문을 굳게 닫고 대책 회의를 열었다.

"정면으로는 공명을 이길 수 없다. 적이 우리 보리를 죄다 베었으니 우리는 적의 식량을 빼앗자."

사마의는 손례와 곽희에게 명을 내려 검각을 공격하게 했다. 검각은 촉군이 식량을 실어 나르는 통로였다. 염탐하는 촉군이 즉시 공명에게 달려가 보고했다.

"손례와 곽희가 군사를 거느리고 어디론가 사라졌습니다."

공명이 껄껄 웃고 대답했다.

"사마의가 잔꾀를 쓰고 있구나."

공명은 강유와 마대를 불러 명령했다.

"우리는 먼 길을 왔기 때문에 식량이 떨어지면 끝장이다. 검각으로 달려가 그곳을 굳게 지켜라!"

공명은 남은 군사를 이끌고 상규성으로 나아갔다. 그때 영안성에 있는 이엄으로부터 뜻밖의 급보가 날아들었다.

오나라와 위나라가 동맹을 맺었다고 합니다
승상은 급히 돌아와 대책을 세워 주십시오

이엄은 후방에서 식량 수송을 담당하고 있는 장수였다. 편지를 읽고 난 공명은 자신의 눈을 의심했다.

"이게 웬 날벼락인가?"

공명은 머리를 만지며 비틀거렸다. 오나라가 성도를 침략하면 촉은 끝장이었다. 부장들이 달려와 허겁지겁 공명을 부축했다.

"지난번 싸움에서 장안을 눈앞에 두고 어이없이 물러났네. 그런데 그 분함이 풀리기도 전에 이번에는 오나라가 우리 계획을 망치니 이 일을 어찌하면 좋을까."

공명은 병을 얻어 자리에 눕고 말았다. 생각할수록 분한 마음이었다. 하지만 언제까지 시간을 끌 수는 없는 노릇이었다. 공명은 기산에 흩어져 있는 장수들을 불러들였다.

"오나라엔 명장 육손이 있다. 우리가 위나라와 싸우는 사이 육손이 성도를 공략하면 우리는 나라를 잃게 된다. 지금 즉시 모든 군사를 돌려 한중으로 돌아가라!"

촉군은 밤이 되기를 기다려 기산을 빠져나갔다. 기산을 지키던 장합은 촉군이 물러나자 깜짝 놀랐다.

"촉군이 모든 군사를 물리고 있습니다. 어찌된 일입니까?"

장합은 상규성으로 말을 타고 달려가 사마의에게 물었다.

사마의는 고개를 갸웃거렸다.

"글쎄, 난들 어찌 알겠소. 아무래도 촉군에 무슨 변고가 생긴 게 틀림없소이다. 어쩌면 공명이 병에 걸린 건지도 모르겠고……."

사마의는 나이 든 공명이 병을 얻은 것이라고 생각했다.

"그렇다면 속히 군사를 내어 적을 추격하겠습니다."

사마의가 충고했다.

"공명은 꾀가 많은 인물이오. 신중하게 공격하시오."

장합이 껄껄 웃고 대답했다.

"나는 수십 년 동안이나 전쟁터를 누빈 노장이오. 어찌 공명 따위를 두려워하겠소."

장합은 날랜 군사 5천을 이끌고 번개처럼 촉군 뒤를 쫓았다. 하지만 공명은 적이 뒤를 쫓아올지 이미 알고 있었다. 장합이 기산을 벗어나 한중 방향으로 20리쯤 달렸을 때였다.

"장군은 어딜 급히 가시오?"

위연이 칼을 빼 들고 장합을 막아섰다.

"흥, 네놈이 바로 위연이구나. 잘 만났다!"

장합이 위연을 향해 달려들었다. 두 장수는 창칼을 맞대며 20합을 겨루었다. 그런데 위연이 갑자기 말머리를 돌려 달아나기 시작했다. 장합은 별 생각 없이 20리가량 위연을 뒤쫓았다. 바로 그때였다. 홀연 함성이 크게 일며 한 떼의 촉군이 나타나 뒤를 막았다. 그들은 관흥이 이끄는 촉군이었다.

"너는 웬 놈이냐?"

장합은 약이 올라 관흥에게 달려들었다. 그러나 관흥 역시 20합을 싸우다가 말머리를 돌려 달아났다. 화가 치민 장합은 더욱 깊이 촉군을 뒤쫓았다. 촉군은 말과 무기를 내던진 채 산속으로 도망쳤다.

장합이 목문도라는 좁은 계곡에 당도했을 때였다.

"장합은 말을 멈추어라!"

절벽 위에서 호통소리가 들려왔다. 장합이 말을 멈추고 바라보니 어느새 위연이 절벽 위에 서 있었다. 장합은 불길한 마음에 급히 말을 멈추었다.

"앗! 적의 계책에 속았다."

말이 채 끝나기도 전에 절벽 위에서 통나무와 화살이 비 오듯 떨어졌다. 수십 발의 화살이 일시에 장합을 고슴도치로 만들었다. 장합을 따라온 수백 명의 기병대 또한 화살과 나무에 맞아 목숨을 잃었다.

위연과 관흥이 위군을 막는 사이 공명은 무사히 후퇴했다.

공명이 군사를 물려 돌아오자 성도는 발칵 뒤집혔다. 황제는 대신 비위를 공명에게 보내 자초지종을 알아보게 했다.

"이엄이 편지를 보내 오나라 손권이 조예와 동맹을 맺었다고 하였소. 그래서 급히 군사를 거둔 것이오."

비위도 놀란 얼굴로 말했다.

"그것 참 이상한 일이군요. 이엄은 황제께 글을 올려 공명이 이유도 없이 군사를 돌렸다고 했습니다."

"그럴 리가?"

공명은 펄쩍 뛰었다. 공명은 곧 어떻게 된 일인지 조사에 착수했다. 며칠 뒤 모든 게 이엄이 거짓으로 꾸민 일이라는 게 밝혀졌다. 군량을 담당하던 이엄은 엄청난 식량을 담당할 수 없게 되자 일부러 거짓말을 해서 군사를 거두게 했던 것이다. 실로 어처구니없는 일이었다.

"아, 어리석은 신하들이 촉나라를 망치는구나."

공명은 머리를 감싼 채 그 자리에 쓰러졌다. 이엄의 거짓 편지로 인해 천하평정의 큰 꿈이 허망하게 무너진 것이었다.

그 날부터 공명은 시름시름 앓기 시작했다.

97. 오장원에 떨어진 별

　세월은 물처럼 흘러 어느덧 3년이 훌쩍 지나갔다. 3년 동안 위, 촉, 오 세 나라엔 큰 전쟁이 없었다. 좋지 않던 공명의 몸도 많이 회복되었다. 3년 동안 공명은 식량을 비축하고 군사들을 맹훈련시키며 때를 기다렸다.

　몸이 좋아지자 공명은 또다시 북벌 준비에 들어갔다. 공명은 반드시 죽은 유비와의 약속을 지키고 싶었다. 그 약속은 천하를 하나로 통일하고 한나라를 일으켜 세우는 것이었다.

그러던 어느 날 공명에게 놀라운 소식이 전해졌다. 장비의 아들 장포가 죽었다는 내용이었다. 장포가 죽은 것은 전쟁터에서 다친 상처가 곪았기 때문이다. 그뿐만이 아니었다. 장포가 죽자 의형제를 맺었던 관흥도 시름시름 앓다가 죽고 말았다.

"아아, 어떻게 이런 일이……."

공명은 땅을 치며 통곡했다.

어느 날 공명은 홀연히 황제를 찾아가 아뢰었다.

"말은 살찌고 군사들의 사기는 드높습니다. 이번 기회에 중원으로 진격하여 위나라를 무너뜨리게 해 주십시오."

황제의 얼굴에 어두운 그림자가 스치고 지나갔다.

"지금 천하가 솥발처럼 갈라져 서로 사이좋게 지내고 있소. 그런데 승상은 어찌하여 이처럼 평화로운 시기를 깨려 하시오?"

공명은 목소리를 가다듬었다.

"한나라 황실을 되찾는 일은 돌아가신 선제 폐하의 유언이셨습니다. 만약 이번에도 실패하는 날엔 다시는 폐하를 뵙지 않겠습니다. 부디 허락하여 주십시오."

참으로 결연한 목소리였다. 그때 태사 초주가 앞으로 나섰다.

"그것은 아니 될 일입니다. 제가 밤에 하늘을 보니 붉은 기운이 북쪽 하늘에 서려 있었습니다. 아무래도 좋지 못한 징조입니다."

공명이 단호하게 말했다.

"초주께선 선제 폐하의 유언을 잊으셨소? 지금 위를 치지 않으면 언제 치겠다는 것이오."

듣고 있던 황제는 한숨을 내쉬며 고개를 끄덕였다.

"승상의 목숨은 우리 촉의 운명과도 같소. 부디 성공하고 돌아오시오."

황제의 어명이 떨어지자 공명은 20만 대군을 이끌고 기산으로 나아갔다. 촉군이 다가오자 위나라는 사마의에게 30만 대군을 주어 막게 했다. 사마의는 자신의 두 아들과 함께 군사를 이끌고 위수로 나가 촉군을 기다렸다.

위군이 다가오자 공명은 높은 언덕으로 올라가 적진을 살폈다. 위군은 강가 언덕에 진을 치고 있었다. 공명은 무릎을 탁 쳤다.

'강과 육지로 동시에 몰아치면 적은 꼼짝없이 전멸할 것이다.'

공명은 군사들을 시켜 몰래 뗏목을 만들게 했다. 하룻만에 뗏목 백여 개가 만들어졌다. 공명은 밤이 되기를 기다려 군사들을 뗏목에 태웠다. 오반과 오의가 지휘하는 5천 군사는 어둠을 타고 유유히 위군 진영으로 다가갔다. 뗏목이 사라지자 공명은 위연과 마대를 불러 남은 군사를 이끌고 뗏목과 동시에 위군을 기습하게 했다.

그러나 사마의는 공명의 계획을 꿰뚫고 있었다. 밤이 되자 사마의는 활 쏘는 군사 2천 명을 뽑아 강변에 배치시키고 촉군을 기다렸다. 주변 산과 들에도 빽빽이 매복군을 숨겨 놓았다.

아무것도 모르는 촉군은 뗏목에 엎드려 위군 진지로 다가갔다. 군사들이 모두 잠들었는지 주변은 이상하리만큼 조용했다. 그런데 촉군이 막 모래톱에 발을 디딜 무렵이었다. 갑자기 북이 울리며 화살이 비 오듯 쏟아졌다. 누구도 예상치 못한 일이었다. 뗏목 위의 군사들은 화살에 맞거나 강물에 몸을 던졌다. 촉군 장수 오반 역시 화살에 맞아 강물로 떨어졌다.

소식을 들은 공명은 크게 놀랐다.

"사마의가 내 생각을 읽고 말았군."

공명은 급히 위연과 마대에게 전령을 보냈다. 그러나 위연과 마대 역시 매복군을 만나 크게 패한 뒤였다. 후군이던 왕평과 장의도 적을 만나 많은 군사를 잃었다. 잠깐의 방심에 1만이나 되는 군사를 잃고 말았다.

공명으로서는 처음 당한 큰 패배였다.

"아아, 내가 어리석었다."

공명은 며칠 동안 잠을 이루지 못했다.

공명은 기산으로 군사를 물린 뒤 다시 싸울 준비를 서둘렀다. 목우와 유마를 만들어 식량을 수송하게 한 것은 커다란 발전이었다. 목우와 유마는 사람이 끌 수 있도록 만든 일종의 수레였다. 모양은 말과 소를 본떠 만들었고 복잡한 기계장치로 이루어졌다.

그 무렵, 성도에서 대신 비위가 공명을 찾아왔다. 비위를 보자 공명은 번개처럼 한 가지 계책을 떠올렸다.

"한 가지 부탁이 있소이다. 지금 즉시 오나라로 건너가 군사를 일으키라고 청하시오. 우리가 위나라 대군을 막고 있는 사이 오나라가 장안을 공격하면 위나라도 어찌하지 못할 것이오."

비위는 공명의 제의를 흔쾌히 수락했다. 비위는 밤낮으로 말을 달려 오나라에 도착했다. 비위가 공명의 말을 전하자 손권은 크게 기뻐했다.

"안 그래도 군사를 낼까 생각 중이었소. 촉과 우리 두 나라가 힘을 합쳐 위나라를 멸망시키고 사이좋게 천하를 다스립시다."

손권은 군사를 일으키라고 그 자리에서 육손에게 영을 내렸다.

비위는 크게 기뻐하여 공명에게 그 사실을 알렸다. 싸움에 지고 의기소침해 있던 공명은 자리를 차고 벌떡 일어났다.

"이제 위나라의 멸망은 불을 보듯 뻔하구나."

공명은 부장들을 불러 명령했다.

"지난번 우리는 섣불리 위군을 공격하다 큰 패배를 당했다. 이제 그것을 갑절로 갚아 줄 때가 왔다. 오늘밤 반드시 적의 기습이 있을 것이다. 장수들은 명령에 따라 매복하고 반드시 사마의를 사로잡아라!"

장수들은 명령에 따라 각각 군사를 이끌고 떠났다.

밤이 되자 먹구름이 하늘을 뒤덮었다. 달빛이 가려지고 사방은 칠흑같이 어두워졌다. 위군 진지에 있던 사마의는 날씨를 보자 뛸 듯이 기뻐했다.

"공명은 지난번 싸움에 진 이후 병을 얻은 게 분명하다. 오늘밤 적을 기습하여 촉군을 완전히 몰아내자!"

위군은 말 입에 재갈을 물리고 소리 없이 촉군 진지로 다가갔다. 촉군은 아무것도 모르고 깊이 잠들어 있었다. 위군은 함성을 지르며 촉군 진지에 마구 불을 질렀다. 사마의는 자신이 공명의 계책에 말려들고 있는지는 꿈에도 생각하지 못했다.

"공격하라!"

"공명을 사로잡아라!"

위군은 닥치는 대로 촉군을 찌르고 베었다. 바로 그때였다. 싸움을 지휘하던 사마의 앞으로 수레 한 대가 빠르게 지나갔다. 자세히 바라보니 수레 안에 옷도 제대로 입지 않은 공명이 앉아 있었다.

"공명이 저기 있다!"

사마의는 말에 채찍을 가하며 수레를 쫓기 시작했다. 수레는 싸움터를 벗어나 기산 북쪽으로 내달렸다. 구름이 걷히고 달빛이 환하게 사방을 내리비쳤다. 공명이 탄 수레는 바람 앞의 등불처럼 가늘게 흔들렸다.

"천하의 공명이 사마의에게 사로잡히기 직전이군."

사마의는 신이 나서 떠들었다. 공명이 탄 수레는 뒤따르는 군사 하나 없이 호로곡 안으로 사라졌다. 호로곡은 땅이 표주박처럼 생긴 곳이었다. 사마의는 뒤따르는 군사들에게 소리쳤다.

"안으로 들어가 공명을 사로잡아라!"

군사들은 함성을 지르며 호로곡 안으로 들어갔다. 그러나 공명이 탄 수레는 어디로 갔는지 보이지 않았다. 오히려 수천 명 군사들만 호로곡 안에 갇힌 꼴이 되고 말았다.

"음, 아무래도 공명의 꾀에 속은 듯하다. 속히 후퇴하라!"

지형을 살피던 사마의가 무엇을 생각했는지 급히 명령했다. 하지만 이미 때가 늦은 뒤였다. 천둥 소리가 들리며 계곡 입구로 바위가 쏟아져 내렸다. 위군은 순식간에 독 안에 든 쥐 꼴이 되고 말았다.

하얀 옷을 입은 공명이 계곡 위에 모습을 드러냈다.

"이곳이 바로 너의 무덤이다!"

공명이 사마의를 가리키며 소리쳤다. 공명이 신호를 보내자 촉군은 마른 풀을 호로곡 안으로 던져 넣었다. 이번에는 궁수들이 불화살을 쏘기 시작했다. 호로곡 안은 순식간에 불바다로 변했다.

"앗, 뜨거워!"

위군은 비명을 지르며 불에 타 죽었다. 사마의가 탄 말에도 불이 붙었다. 사마의는 허둥거리며 말에서 뛰어내렸다. 너무 놀라 손발이 제대로 움직이지 않았다. 그때 떨어져 있던 두 아들 사마사와 사마소가 달려왔다.

"우리 삼부자가 모두 죽게 생겼구나."

사마의는 자신도 모르게 눈물을 흘렸다.

기적이 일어난 것은 잠시 뒤였다. 한 차례 바람이 불더니 하늘이 먹구름으로 뒤덮였다. 그러더니 별안간 장대비가 쏟아지기 시작했다. 빗물은 치솟던 불을 잠재우고 호로곡을 막았던 돌들을 휩쓸며 내려갔다. 계곡이 무너지고 숨어 있던 촉군이 비명을 지르며 떨어졌다. 사마의는 그 틈을 이용해 재빨리 호로곡을 벗어났다.

사마의가 달아나자 공명은 땅을 치며 탄식했다.

"하늘은 어찌하여 사마의를 살려 주는가……."

공명은 싸움에 이긴 군사를 수습하여 오장원으로 나아갔다. 오장원은 위수 남쪽 기슭에서 서쪽으로 가다 보면 나타나는 넓은 벌판이었다. 그대로 진격하면 장안에 닿을 수 있는 지리 상의 거점이기도 했다.

공명은 여러 차례 군사를 보내 싸움을 걸었다. 그러나 사마의는 굳게 지키기만 할 뿐 공명과 싸우려고 하지 않았다. 기다리다 지친 공명은 여자들이 쓰는 관과 옷을 큰 상자에 넣어 사마의에게 보냈다.

상자를 열어본 사마의는 얼굴을 찡그렸다. 공명이 자신을 여자 취급했기 때문이다. 그러나 사마의는 침착한 사람이었다. 나가 싸우자는 부장들을 불러 놓고 이렇게 말했다.

"공명은 병이 있어 오래 살지 못할 것이다. 시간을 끌며 그가 죽기를 기다린다면 능히 촉군을 몰아낼 수 있을 것이다."

사마의는 사자로 온 촉군을 불러들여 물었다.

"공명은 무얼 먹고 얼마나 자느냐?"

사자가 별 생각 없이 대답했다.

"우리 승상께서는 새벽에 일어나시고 밤늦게 잠자리에 드십니다. 식사도 하루 두 끼 이상은 드시지 않습니다."

사마의는 부장들에게 말했다.

"거 보아라. 적게 먹고 적게 자니 몸이 어찌 버티겠느냐? 공명은 결코 오래 살지 못할 것이다."

사자는 얼굴이 하얗게 질려 촉군 진지로 돌아왔다. 사자의 말을 듣자 공명은 쓸쓸하게 웃었다.

"사마의에게 내 목숨을 들켜 버렸군."

그때 성도에서 뜻밖의 소식이 전해졌다.

"위나라와 싸우러 떠났던 오나라 군사들이 크게 패해 도망쳤답니다."

전령은 숨을 헐떡이며 소식을 전했다.

"아, 정녕 하늘은 사마의 편이구나."

공명은 비틀거리며 그 자리에 쓰러졌다. 깜짝 놀란 부장들이 급히 공명을 침대로 데려가 눕혔다. 공명은 새벽이 되어 겨우 눈을 떴다.

"나를 밖으로 안내하라!"

정신을 차린 공명이 군사들에게 명령했다. 군사들은 공명을 의자에 앉힌 채 밖으로 모셨다. 공명은 오래도록 하늘을 바라보며 생각에 잠겼다. 지난 세월이 주마등처럼 스쳐 지나갔다. 겨울 눈보라를 헤치며 세 번이나 자신을 찾아왔던 유비, 관우, 장비가 떠올랐다. 그들은 이제 죽고 없었다.

"아……."

공명은 하늘을 우러러보며 길게 탄식했다. 공명은 희미하게 흔들리는 별 하나를 바라보았다. 별은 곧 꺼질 듯 깜박거리고 있었다.

공명은 쓴웃음을 지으며 중얼거렸다.

"이제 공명의 운이 다했다. 하늘의 뜻을 어찌 거역하랴."

98. 죽은 공명과 산 사마의의 대결

새벽녘이 되자 공명은 사람을 보내 강유를 오게 했다.

"이제 내 목숨이 다했네."

그러자 강유가 눈물을 흘리며 말했다.

"하늘의 뜻이 그러하다면 기도를 올려 목숨을 연장해 보십시오."

공명은 한숨을 내쉬었다.

"내가 어찌 그 방법을 모르겠는가? 하늘이 내 기도를 들어

줄지 걱정이네."

"승상이 돌아가시면 20만 촉군도 위험에 처합니다. 하늘에 목숨을 빌어 보십시오."

공명은 강유의 말에 힘을 얻었다.

"기도를 올릴 테니 제단을 만들고 그 앞에 등잔불을 밝히게. 제단 위에 올라가 북두칠성에 목숨을 빌어 보겠네. 이레 동안 기도를 드려 등잔불이 꺼지지 않는다면 내 목숨은 열두 해가 늘어날 것이네. 만약 등잔불이 꺼지면 나는 곧 죽고 말 것이네. 무슨 일이 있어도 제단 주변에 사람을 들여보내서는 안 되네."

강유는 공명의 명을 받들어 제단을 만들었다. 제단 앞에는 작은 등불이 밝혀졌다. 공명은 정성껏 몸을 닦은 뒤 제단 위로 올라갔다. 은하수가 아름답게 빛나는 밤이었다. 강유는 칼을 빼 들고 사람들이 접근하지 못하도록 제단 앞을 지켰다.

제단에 올라간 공명은 북두칠성을 향해 절을 올리고 목숨을 빌었다. 기도가 시작되자 희미하던 장성이 조금씩 밝아졌다. 하루, 이틀, 사흘, 시간이 지나도 공명은 기도를 멈추지 않았다.

그 무렵 사마의는 하늘을 보고 있었다. 하늘을 살피던 사마의는 기쁜 얼굴로 하후패를 불러 명령했다.

"하늘을 보니 북쪽에 있는 장성 하나가 떨어지려 하고 있다.

이는 공명이 병들어 죽을 징조다. 너는 군사 1천을 이끌고 달려가 오장원에 있는 촉진을 기습하다 후퇴하라. 공명이 살았다면 촉군은 반드시 뒤쫓을 것이요, 공명이 죽었다면 뒤쫓지 않을 것이다."

명을 받은 하후패는 살며시 오장원으로 떠났다.

공명이 기도를 드린 지 어느덧 6일이 지났다. 밖에서 지키던 강유는 속으로 기뻐했다. 하루만 더 지나면 공명의 목숨이 연장되는 것이었다. 강유는 어서 밤이 지나기를 기다렸다.

그런데 새벽이 되었을 때였다. 갑자기 함성이 일며 하후패가 거느린 위군이 기습해 왔다. 막사를 지키던 위연은 깜짝 놀라 공명에게 달려왔다.

"무슨 일이오?"

강유가 달려오는 위연을 몸으로 막아섰다. 그러나 위연은 막무가내였다.

"비키시오! 위군이 쳐들어 왔는데 승상은 무얼 하고 계시오?"

위연은 다짜고짜 제단으로 뛰어들었다. 그때 위연은 실수로 제단 앞에 놓인 등불을 건드렸다. 등불은 거꾸로 엎어진 뒤 이내 꺼지고 말았다.

순간 강유의 눈에 불이 일었다.

"이놈, 네가 승상을 죽이는구나!"

강유는 칼을 뽑아들고 위연을 찌르려고 했다. 공명이 제단을 내려오며 힘없이 중얼거렸다.

"죽고 사는 것은 하늘의 뜻이다. 위연의 잘못이 아니니 나무라지 마라."

계단을 다 내려온 공명은 피를 토하며 쓰러졌다. 강유와 위연은 황급히 공명을 안아 일으켰다. 공명이 작은 소리로 말했다.

"위군이 기습한 것은 내가 죽었나 살았나 알아보기 위해서다. 위연은 속히 군사를 이끌고 나가 그들을 추격하라. 추격하지 않으면 위의 대군이 우리를 공격해 올 것이다."

위연이 나가자 공명이 강유를 가까이 불렀다.

"나는 지금까지 나라와 백성을 다스리고, 군사 부리는 법을 적은 스물네 권의 책을 썼다. 그 책들을 그대에게 전하려고 한다. 내 뒤를 이어 천하를 통일하는 데 힘을 다하라!"

"목숨을 다해 승상의 뜻을 받들겠습니다."

강유가 눈물을 흘리며 대답했다. 이어 공명은 마대와 양의를 들어오게 했다.

"내가 죽은 뒤에 반드시 반란이 있을 것이다. 그때는 이렇게 처리하라."

공명은 마대와 양의의 귀에 대고 뭔가를 속삭였다.

얼마 지나지 않아 위연이 적을 물리치고 돌아왔다. 공명은 모든 부장들을 막사 안으로 들어오게 했다.

"싸움을 끝내지 못하고 죽게 되어 미안하게 생각하오. 내가 죽더라도 공들은 충성을 다해 황제 폐하를 보살피시오."

힘이 드는지 공명은 잠시 말을 끊었다.

"내가 죽으면 사마의가 틀림없이 군사를 일으킬 것이오. 그러니 내가 죽어도 죽었다는 소문을 밖으로 내지 마시오. 매복으로 적을 교란한 뒤 군사를 나누어 조금씩 후퇴하시오. 그래도 사마의가 뒤를 쫓으면⋯⋯."

공명의 말이 다시 끊겼다.

"⋯⋯ 지금 즉시 나무를 이용해 나를 닮은 인형을 만드시오. 그런 다음 인형 위에 내 옷을 입히고 손에 부채를 들려 가마 안에 태우시오. 사마의가 쳐들어오면 연기를 피우며 수레를 밀고 적진으로 나아가시오. 내 모습을 보면 사마의는 틀림없이 군사를 거두어 돌아갈 것이오."

그때 성도에서 황제가 보낸 사신 이복이 도착했다. 이복은 공명이 위독하다는 소식을 듣고 급히 막사 안으로 달려왔다.

"승상, 승상이 돌아가시면 당장 나라 일을 누구에게 맡겨야 합니까?"

공명이 힘없이 대답했다.

"군사를 다루는 일은 강유에게 맡기시오. 나라의 대소사는 장완에게 맡기시오."

이복이 다시 물었다.

"장완 다음으로는 누구를 써야 합니까?"

"그 다음은 비위가 좋을 것 같소."

그때 희미하게 빛나던 장성 하나가 꼬리를 그리며 떨어졌다.

"그 뒤에는 어떻게 해야 합니까?"

공명은 아무런 대답이 없었다.

장수들은 고개를 들어 공명을 바라보았다. 공명은 이미 숨져 있었다. 유선이 황제의 자리에 오른 지 12년, 공명의 나이 쉰네 살 되던 해의 일이었다.

공명이 죽을 무렵 사마의는 하늘을 살피고 있었다.

그때 문득 붉은 별 하나가 동북쪽에서 서남쪽으로 흘러갔다. 사마의는 눈을 크게 뜨고 별을 따라갔다. 별은 꼬리를 그으며 촉군 진지로 떨어졌다.

사마의는 벌떡 몸을 일으켰다.

"드디어 공명이 죽었다!"

사마의는 모든 군사를 이끌고 물러가는 촉군을 뒤쫓았다. 오래 지나지 않아 위군은 촉군을 따라잡았다. 촉군은 막 깊은 계곡을 벗어나고 있었다. 사마의는 군사를 다그쳐 계곡 안으로 들어갔다. 바로 그때였다. 돌연 북이 울리며 계곡 좌우에서 촉군이 창을 겨누고 뛰어 내려왔다. 그와 동시에 계곡을 넘어가던 촉군이 말 머리를 돌려 미친 듯 달려왔다.

"이게 어떻게 된 일인가?"

사마의는 정신을 차리고 앞을 바라보았다. 다가오는 촉군들은 일제히 승상기를 들고 있었다. 깃발 가운에 홀연히 연기가 일어나는데 연기 사이로 낯익은 수레 하나가 나타났다. 수레에 앉은 것은 놀랍게도 흰옷을 입고 깃털 부채를 든 공명이었다.

"아뿔싸! 공명이 살아 있었군."

사마의는 깜짝 놀라 얼굴이 하얗게 변했다. 사마의는 재빨리 말 고삐를 잡아 당겨 도망갈 궁리를 했다. 그때 함성이 일며 한 떼의 촉군이 뒤를 들이쳤다.

"여기, 강유가 있다. 사마의는 목을 두고 가라!"

강유가 창을 똑바로 겨누고 사마의에게 달려왔다. 사마의는 혼비백산 말머리를 돌려 달아나기 시작했다. 위군들도 창칼을 내던지고 급히 계곡을 빠져나갔다. 사마의는 50리를 도망간 다음에야 겨우 이마의 땀을 닦았다.

"공명이 살아 있는 한 나는 그를 이길 수 없다."

사마의는 군사를 거두어 장안으로 돌아갔다.

한편, 양의와 강유는 죽은 공명을 수레에 모시고 후퇴를 단행했다. 그러나 위연의 생각은 달랐다.

'승상 한 명이 죽었을 뿐인데 어찌하여 군사를 물린단 말인가?'

위연은 말을 타고 강유와 양의를 찾아갔다.

"누구 맘대로 군사를 물린다는 거요? 이제부터 촉군은 내가 지휘하겠소. 사마의가 물러났으니 군사를 몰아 그대로 장안을 들이칠 생각이오."

위연은 공명의 죽음으로 인해 북벌이 실패하자 화가 난 상태였다. 그대로 군사를 몰고 올라가 위나라를 점령하고 싶었다.

양의가 얼굴을 잔뜩 찡그렸다.

"장군은 뭐가 그리 성급하시오? 그 일은 시간을 두고 차츰 의논해 봅시다."

양의는 본래 위연과 사이가 좋지 않은 상태였다. 위연은 버력 화를 냈다.

"나는 지금껏 수많은 전투에서 공을 세운 대장군이다. 누가 감히 내 말을 막는단 말이야? 승상이 죽었으니 남은 장수들은 모두 내 명령을 따라야 할 것이다."

위연은 허리에서 칼을 쑥 뽑아들었다.

강유가 앞으로 한발 나섰다.

"이것은 반란이오. 장군은 지금 반란을 일으킬 참이오?"

위연이 대답했다.

"나는 그동안 많은 공을 세우고도 제대로 대접을 받지 못했다. 모두 나를 따르라. 그렇지 않으면 죽음이 있을 뿐이다. 누가 감히 나를 죽일 수 있겠느냐?"

그러자 한 장수가 다가오며 위연의 말을 받았다.

"내가 너를 죽이겠다!"

칼이 번쩍 하는가 싶더니 위연의 목이 바닥으로 떨어졌다. 모두 깜짝 놀라 그를 바라보았다. 그는 다름 아닌 마대였다. 죽기 전 공명은 마대와 양의에게 위연이 반란을 일으킬 것을 미리 경고한 터였다. 그리고 마대로 하여금 위연의 목을 베게 했던 것이다.

이로써 촉나라의 가장 용맹한 장수였던 위연은 한 순간에 목숨을 잃었다. 실로 어처구니없는 죽음이었다.

그로부터 보름 뒤 공명의 시신은 성도에 도착했다. 황제 유선은 눈물을 흘리며 탄식했다.

"아, 이제 촉나라는 어찌되는가."

슬픔에 잠겼던 황제는 정신을 잃고 쓰러졌다. 대신들도 목을 놓아 통곡했다. 백성들은 큰길로 몰려나와 공명의 시신을 맞이했다. 노인이나 어린아이 할 것 없이 땅에 엎드려 울음을 그치지 않았다.

황제는 죽은 공명에게 충무후라는 시호를 내렸다.

공명의 시신은 정군산에 묻혔다.

99. 강유의 충정과 촉한의 멸망

공명이 죽은 지도 어느덧 15년이 흘렀다. 그동안 촉나라엔 큰 전쟁이 없었다. 공명의 뒤를 이은 강유는 부지런히 군사를 조련하며 때를 기다렸다.

한편, 그 무렵 위나라엔 큰 변화가 있었다. 황제였던 조예가 죽고 나이 어린 조방이 황제가 된 것이었다. 기회를 엿보던 사마의는 두 아들과 함께 반란을 일으켰다. 마침내 위나라는 사마의의 차지가 되었다. 사마의는 어린 황제를 꼭두각시처럼 부리며 나라를 제멋대로 다스렸다.

사마의가 정권을 잡자 하후패가 반란을 일으켰다. 그러나 하후패는 싸움에 크게 지고 촉나라로 도망쳤다. 하후패는 황제 유선에게 아뢰었다.

"위나라는 지금 사마의의 손에 넘어갔습니다. 군사를 일으켜 위나라를 정벌해 주십시오."

하후패는 촉나라를 이용해 복수를 단행할 생각이었다. 황제 역시 공명이 죽은 뒤에 복수를 다짐하고 있던 터였다. 황제는 즉시 강유를 불러들여 하후패와 함께 위나라를 치게 했다. 공명이 죽은 지 15년 만에 강유에 의해 북벌 전쟁이 시작된 것이었다.

강유는 10만 대군을 이끌고 위나라로 진격했다. 사마의는 아들 사마사를 내보내 촉군을 막게 했다. 몇 달간 피비린내 나는 싸움이 이어졌다. 그러나 싸움은 촉군의 패배로 막을 내렸다. 동맹을 맺었던 강족이 늦게 나타났기 때문이었다.

사마의가 병으로 죽은 것은 그로부터 2년 뒤였다. 사마의가 죽자 그의 아들 사마사가 모든 권력을 장악했다. 그때 오나라에도 큰 변화가 일어났다. 오랫동안 황제 자리에 있던 손권이 병으로 죽은 것이었다. 사마사는 손권이 죽었다는 소식을 들자 뛸 듯이 기뻐했다.

"오나라를 정벌할 좋은 기회다!"

사마사는 대군을 일으켜 오나라로 진격했다. 그 소식을 들은 강유는 10만 대군을 이끌고 위나라로 넘어갔다. 그러나 두 번째 싸움도 실패로 돌아갔다. 함께 동맹을 맺은 오나라가 싸움에 패했기 때문이다. 강유는 눈물을 흘리며 군사를 한중으로 돌렸다.

이후에도 강유의 위나라 공격은 아홉 차례나 계속되었다. 그러나 강유 혼자만의 힘으로는 역부족이었다.

그 무렵, 촉나라 황제 유선은 술로 세월을 보내고 있었다. 유선은 내시들을 곁에 두고 어진 신하들을 옥에 가두었다. 강유가 아홉 번이나 군사를 일으키고도 실패한 이유는 조정에 어진 신하가 남아 있지 않았기 때문이다.

공명이 죽은 지 어느덧 30년 가까운 세월이 지났다.

그 사이 위나라는 사마사가 죽고 동생이던 사마소가 정권을 잡았다. 권력을 잡은 사마소는 대신들을 불러 놓고 물었다.

"언제까지 천하가 셋으로 나누어 싸울 수는 없는 일 아니오? 지금 촉나라 황제 유선은 내시들을 가까이 두고 연일 술로 세월을 보내고 있소. 이번 기회에 촉을 치고 싶은데 좋은 의견을 말해 보시오."

그러자 신하 가충이 입을 열었다.

"그렇기는 하나 촉나라엔 공명의 뒤를 이은 강유가 있습니다. 강유가 있는 한 정면으로 촉을 공격하면 패배는 불을 보듯 뻔한 일이지요. 다행스럽게도 강유는 지금 답중 땅에 주둔하고 있습니다. 답중을 그대로 두고 급히 성도를 들이치십시오."

사마소는 장군 종회와 등애에게 40만 대군을 주어 촉을 침략하게 했다. 이런 소식은 답중에 있는 강유에게 전해졌다. 강유는 재빨리 성도로 전령을 보내 황제에게 아뢰었다.

"위나라가 대군을 일으켰습니다. 적은 틀림없이 답중을 돌아 성도로 나아갈 것입니다. 장익과 요화를 양평관과 음평교로 보내 적을 막게 하십시오. 그곳이 뚫리면 성도가 위험합니다. 저는 전방에서 위군의 뒤를 치겠습니다."

그때 황제 유선은 후원에서 잔치를 열고 있었다. 전령이 급박한 소식을 전하자 황제는 내시 황호에게 물었다.

"적이 쳐들어오는 모양이오. 어떻게 하는 게 좋겠소?"

황호가 간사하게 웃으며 대답했다.

"너무 걱정하지 마십시오. 강유가 공을 세우려고 거짓 보고를 올린 것 같습니다."

"음……."

황제는 술에 취해 정신을 차리지 못했다. 소식을 전해들은 강유는 땅을 치며 한탄했다.

"폐하께서는 나라를 망친 십상시의 일을 벌써 잊으셨던 말인가?"

그때 위나라 군대는 둘로 나뉘어 맹렬하게 성도로 진격했다. 종회는 남정관을 깨트리고 촉나라 마지막 방어선인 양평관을 들이쳤다. 양평관을 지키던 장수는 장서와 부첨이었다. 종회는 10만 군사를 관 앞에 세워 놓고 소리쳤다.

"이제 촉나라의 운명은 끝났다. 두 장수는 목숨을 버리지 말고 항복하라! 항복하면 살려주겠다."

그 소리를 들은 부첨은 3천 군사를 거느리고 관문을 열었다.

"나는 촉의 신하다. 어찌 역적들에게 항복한단 말이냐?"

부첨은 10만 대군 사이를 종횡무진 내달았다. 그러나 3천 군사로 10만 대군을 막을 수는 없었다. 마침내 많은 군사를 잃고 부첨은 급히 관문으로 후퇴했다. 그런데 어찌된 일인지 관문이 굳게 닫혀 있었다.

"무얼 하느냐? 어서 문을 열어라!"

부첨이 관문을 지키는 군사들에게 소리쳤다. 그러자 성벽

위에 장서가 모습을 드러냈다.

"고작 몇 천 군사로 어찌 적을 막는단 말이오. 나는 이미 위나라에 항복하였소. 장군도 항복하여 목숨을 건지시오."

부첨은 칼을 빼들고 미친 듯 날뛰었다.

"너를 내 손으로 죽이지 못하는 게 한이구나. 나는 살아서 촉의 신하였고 죽어서도 촉의 신하가 될 것이다."

부첨은 말에 채찍을 가해 위군 한 가운데로 돌진했다. 부첨은 닥치는 대로 위군을 죽이다가 힘이 다하자 스스로 목숨을 끊었다.

"성도가 얼마 남지 않았다. 진격하라!"

양평관을 빼앗은 종회는 군사를 다그쳐 한중으로 진격했다. 그 무렵 강유는 답중에서 등애의 대군과 싸우고 있었다. 싸움이 한창일 때 홀연 전령 하나가 달려와 보고했다.

"양평관이 무너지고 부첨이 전사했습니다."

강유는 급히 군사를 돌려 한중으로 달려갔다. 그때 양쪽에서 위군이 촉군을 공격했다. 강유가 이끄는 촉군은 크게 패해 사방으로 흩어졌다.

종회가 한중으로 떠난 사이 등애는 길이 험한 마천령을 넘어갔다. 촉나라 수도 성도가 저만치 내려다보이는 곳이었다.

샛길을 통과한 등애는 군사를 휘몰아 부성을 함락시켰다.

"적이 마천령을 넘었습니다!"

"적의 첩자가 성도에 나타났습니다!"

계속해서 급보가 날아들었다. 촉나라 황제 유선은 그제야 정신을 번쩍 차렸다. 황제는 공명의 아들 제갈첨을 불러 군사 7만을 주고 위군을 막게 했다. 제갈첨은 아들 제갈상을 선봉에 삼고 즉시 성도를 떠났다.

등애는 등충과 사찬에게 군사를 주어 제갈첨을 쳐부수게 했다. 제갈첨은 아버지 제갈공명이 쓰던 깃발을 내걸고 위군을 향해 달려갔다. 촉군은 용감하게 적과 싸웠다. 제갈첨은 위군을 단숨에 깨뜨리고 40리나 쫓아갔다. 그러나 그것은 등애의 작전이었다. 제갈첨이 적진 깊숙이 들어갔을 무렵이었다. 갑자기 북이 울리며 사방에서 화살이 날아왔다.

"아악!"

방심하던 제갈첨은 화살에 맞아 죽고 말았다. 아버지가 죽자 제갈상은 칼을 빼들고 위군에게 달려갔다. 제갈상은 용맹하게 싸우다가 아버지의 뒤를 이었다. 남은 군사들도 마지막까지 싸우다가 장렬하게 목숨을 잃었다.

위군은 이제 성도 바로 앞까지 들이쳤다. 백성들은 불안에 떨며 우왕좌왕했다. 수레를 꺼내 피난을 가는 사람, 우는 사람, 달려가는 군사들의 말발굽 소리로 성도는 아수라장이 되었다.

유선은 급히 대신들을 불러 대책을 물었다.

"적이 코앞까지 닥쳤소. 어찌하면 좋겠소?"

대신들은 분주하게 의견을 내놓았다.

"장수도 없고 지킬 군사도 없습니다."

"성을 버리고 급히 남쪽 오랑캐 땅으로 피난하십시오."

"오랑캐 땅은 위험합니다. 그럴 바엔 차라리 오나라로 들어가십시오."

의견은 제각각이었다. 생각에 잠겼던 늙은 신하 초주가 말했다.

"종묘사직을 지켜야 합니다. 위나라에 항복하여 목숨을 보전하십시오."

싸우자는 신하는 없었다. 황제는 한숨을 내쉬며 항복을 결정했다.

"지금 즉시 등애에게 사람을 보내 항복하겠다는 뜻을 전하라!"

유선은 어리석고 겁이 많은 황제였다. 그는 항복하여 자신의 목숨을 보전하고 싶었다. 그러기는 대신들 또한 마찬가지였다. 황제가 내시를 가까이 하면서 조정에 어진 신하는 남아 있지 않았다.

유선이 항복의 뜻을 전하자 등애는 몹시 기뻐했다. 다음 날 유선은 성문을 활짝 열고 위나라 군대를 맞아들였다. 유비와 공명이 피눈물로 세운 촉나라 50년 가업이 하루아침에 막을 내리는 순간이었다. 유비가 촉한을 건국한 지 42년, 공명이 죽은 지 30년이 흐른 뒤였다.

나라를 빼앗긴 뒤 유선은 위나라 수도인 낙양으로 끌려갔다. 어느 날 사마소가 찾아와 잔치를 베풀고 유선을 위로했다. 그 자리에서 사마소는 촉나라가 그립지 않느냐고 물었다. 유선은 태연한 얼굴로 너무 즐거워 촉을 생각할 겨를이 없다고 대답했다. 잔치가 끝나자 유선을 따르던 촉의 옛 신하들이 물었다. 정말로 촉이 그립지 않습니까? 그러자 유선이 대답했다.

"우리는 지금 포로로 잡혀 왔네. 우리가 촉을 그리워하는 걸 저들이 알게 되면 목숨이 온전치 못할 걸세. 무너진 촉을 다시 일으키려면 우선 우리 목숨부터 보전하세."

그 무렵, 강유는 검각 땅에 있었다. 흩어진 군사를 모아 공격을 준비하던 강유에게 항복 소식이 전해졌다. 실로 날벼락 같은 소식이었다. 강유와 서촉 군사들은 그 기막힌 소식에 창칼을 내던지며 소리쳤다.

"성도엔 장수 하나 없단 말인가. 우리가 이곳에서 죽음을 각오하고 싸우는데 항복이 웬말이냐!"

강유와 여러 장수들은 땅을 치며 통곡했다.

성도에서 전령이 도착한 것은 다음 날이었다. 즉시 항복하고 군사를 고향으로 돌려보내라는 소식이었다. 강유는 칼을 빼 들고 소리쳤다.

"항복하여 위나라의 개가 되느니 차라리 목숨을 걸고 싸우겠다. 고향으로 돌아갈 사람은 돌아가고 남을 사람은 남아라!"

"와아! 싸우자!"

"강유 장군을 따르자!"

군사들은 일제히 함성을 질렀다. 집으로 돌아가는 군사는 한 명도 없었다.

강유는 군사를 이끌고 깊은 산 속으로 들어갔다.

100. 대단원, 영웅의 노래는 계속되고

그로부터 다시 20년 가까운 세월이 흘렀다.

촉이 멸망한 이후 천하는 위나라와 오나라로 나뉘어졌다.

위나라는 사마소의 아들 사마염이 다스리고 있었다. 사마염
은 아버지 뒤를 이어 정권을 잡자 황제 조환을 자리에서 끌어
내렸다. 이로써 조조가 세웠던 위나라는 어이없이 멸망했다.

위나라를 멸망시킨 사마염은 진나라를 세우고 스스로 황제
가 되었다.

오나라에도 많은 변화가 있었다. 손휴가 죽고 손호가 그 뒤를 이은 것이었다. 그러나 손호는 백성을 돌보지 않는 난폭한 황제였다. 충신들을 수없이 죽였고 큰 공사를 일으켜 국력을 낭비했다. 죄를 지은 사람들은 얼굴 가죽을 벗겨 참혹하게 죽였으며 연일 술로 세월을 보냈다.

시간이 지날수록 오나라는 점점 쇠약해져 갔다.

사마의는 그 틈을 노려 대장군 양호에게 오나라를 공격하게 했다. 양호는 20만 대군을 이끌고 양양으로 진격했다. 그러자 오나라에서도 육항이 군사를 거느리고 마주 나왔다. 두 장수는 양양에 진을 친 채 서로 싸우지 않았다.

손호는 육항이 싸우지 않자 화를 내며 싸우라고 다그쳤다. 육항은 전령을 보내 황제에게 아뢰었다.

"진나라 군대가 막강하여 쉽게 싸울 수 없습니다. 적군 또한 겁을 먹고 함부로 군사를 내지 못하니 좀더 시간을 두고 살피는 게 좋을 듯합니다."

그러자 손호는 펄쩍 뛰었다.

"장수가 싸우지 않고 무엇을 하겠단 말인가?"

손호는 사람을 보내 육항을 잡아들이게 했다. 진나라 장수 양호 또한 병이 들어 죽고 말았다.

그로부터 2년 뒤 두 나라는 다시 부딪쳤다. 사마염은 두예를 대장군에 임명하고 오나라를 공격했다. 두예는 빨리 싸우기를 좋아하는 장수였다. 진나라 20만 대군은 물밀듯이 오나라로 진격했다. 두예는 먼저 강릉성을 포위하여 함락시켰다. 강릉성이 떨어지자 많은 오나라 장수들이 성을 버리고 항복해 왔다.

강릉을 빼앗은 두예는 군사를 무창으로 진격시켰다. 국력이 기울어진 오나라는 이미 예전의 오나라가 아니었다. 진나라 군대가 몰려오자 무창을 지키던 오군은 성문을 열고 항복했다.

이때 진나라 장수 왕준은 수군을 이끌고 건업으로 진격했다. 오나라는 승상 장제가 직접 군사를 몰고 나왔다. 두 나라 수군은 장강 하류에서 정면으로 부딪쳤다. 하지만 오나라 수군은 모든 면에서 열세였다. 배는 낡았고 무기는 녹슬었다. 군사들은 싸우기도 전에 도망치기 바빴다. 장제는 마지막까지 저항하다 배와 함께 물 속으로 가라앉았다.

다급해진 손호는 급히 대책 회의를 열었다.

"누가 나가서 진나라 역적들을 물리칠 것인가?"

그러자 장군 도준이 앞으로 썩 나섰다.

"제가 해보겠습니다."

도준은 2만 명의 수군을 이끌고 상류로 올라갔다. 전장군 장상도 군사를 이끌고 그 뒤를 따랐다. 그러나 두 장수는 싸우기 도 전에 군사를 모두 잃었다. 갑자기 폭풍이 몰아쳐 배들을 모 조리 뒤집혀버린 것이었다. 그때 갑자기 멀리서 진나라 배가 나타났다. 도준은 할 수 없이 배를 버리고 항복했다.

왕준은 대군을 거느리고 마침내 오나라 수도인 건업에 이르 렀다.

왕궁은 석두성 안에 있었다. 진군이 몰려오자 성을 지키던 군사들은 겁을 집어먹고 뿔뿔이 흩어졌다. 성이 함락되자 손 호는 깜짝 놀라 칼로 자신의 목을 찌르려고 했다.

그러자 대신 호충과 설령이 손호를 말렸다.

"일찍이 촉나라 황제 유선은 적에게 항복하여 목숨을 건졌 습니다. 어차피 하나로 통일되어야 할 천하이니 폐하도 그 뒤 를 따르십시오."

손호는 그 말을 옳게 여겼다. 손호는 스스로 자신의 몸을 묶 고 왕준에게 나아가 항복했다. 황건적의 난이 일어나고 백 년 가까운 세월이 흐른 시점이었다. 세 나라로 갈라져 싸우던 천 하가 마침내 하나로 통일되는 순간이었다.

이제 천하를 주름잡던 영웅들은 바람처럼 사라졌다.

황건적을 격퇴하던 유비도, 적토마에 높이 올라 적진을 누비던 관우도, 장판교에서 홀로 조조의 백만 대군을 막아섰던 장비와 조자룡도 더는 남아 있지 않았다. 꾀 많은 조조를 비롯하여 원소 형제도, 천하무적 여포도 모두 세월 속으로 자취를 감추었다.

천하를 다투던 위, 촉, 오 세 나라 또한 역사의 무대에서 사라졌다. 역사는 그 누구의 손도 들어 주지 않았다. 천하를 통일한 것은 엉뚱하게도 사마의의 손자 사마염이었던 것이다.

그 뒤에도 세월은 멈추지 않고 흘렀다.

어디선가 전쟁은 계속되었으며 수많은 영웅들이 나고 죽었다. 목숨을 구걸한 사람이 있었으며 용감하게 싸우다 죽어간 이들도 있었다. 백성들의 한숨을 가슴에 품은 채 강물은 변함없이 흘렀다.

영웅의 노래를 물결 위에 싣고서.

고조가 칼을 들어 한나라를 세웠으나
역적 왕망이 나라를 빼앗았네
광무제가 나타나 나라를 구했고
십상시 들끓어 천하가 흔들렸네

돼지 동탁이 나라를 탐내는구나
왕윤이 계책으로 역적을 죽이니
이각, 곽사가 한을 품었네
천하에 영웅이 구름처럼 일어나니
손견과 손책은 강동에 터를 잡고
조조는 황제를 끼고 권력을 움켜쥐었네
누상촌 유비는 본래 황실의 후손이어라
관우, 장비와 형제의 인연을 맺고
천하를 구하기 위해 몸을 일으켰네
세 번 찾아가 제갈 공명을 얻고
높은 덕망으로 날랜 조자룡을 얻었네
형주를 거쳐 서촉을 차지하니
천하는 다시 세 나라로 나뉘었네
그러나 하늘의 뜻, 어이하랴
오랜 싸움에도 천하는 합쳐지지 않고
영웅들은 하나 둘 별처럼 스러졌네
관우, 장비, 유비 차례로 숨을 거두고
공명 또한 오장원의 이슬이 되었구나
홀로 싸우는 강유의 헛됨이여

위나라 군사 성도로 밀려드니
촉은 흔적도 없이 사라졌네
천하는 사마씨의 것이 되고
오나라 또한 무릎을 꿇었구나
강물은 변함없이 흐르고
영웅들은 간 곳 모르겠으니
부질없음이여,
부질없음이여,
영웅은 가고 노래만 남았구나……

(끝)

청소년 삼국지 5
별들은 스러지고

ⓒ 권정현, 2004

초   판 1쇄 발행일 | 2004년 8월 7일
개정판 2쇄 발행일 | 2021년 1월 13일

지은이 | 나관중
엮은이 | 권정현
펴낸이 | 정은영
펴낸곳 | (주)자음과모음

출판등록 | 2001년 11월 28일 제2001-000259호
주소 | 04047 서울시 마포구 양화로6길 49
전화 | 편집부 (02)324-2347, 경영지원부 (02)325-6047
팩스 | 편집부 (02)324-2348, 경영지원부 (02)2648-1311
e-mail | jamoteen@jamobook.com

ISBN 978-89-544-3944-2 (44820)
      978-89-544-3939-8 (set)

잘못된 책은 교환해 드립니다.
저자와의 협의하에 인지는 생략합니다.